JAMAIS LYNX SANS L'AUTRE

KODIAK POINT 7

EVE LANGLAIS

Copyright © 2015, Eve Langlais

Couverture réalisée par Amanda Kelsey © 2021

Traduit par Emily B

Produit au Canada

Publié par Eve Langlais

http://www.EveLanglais.com

ISBN livre électronique: 978-1-77384-2332

ISBN livre papier : 978 1 77384 2349

Tous Droits Réservés

Ce roman est une œuvre de fiction et les personnages, les événements et les dialogues de ce récit sont le fruit de l'imagination de l'auteure et ne doivent pas être interprétés comme étant réels. Toute ressemblance avec des événements ou des personnes, vivantes ou décédées, est une pure coïncidence. Aucune partie de ce livre ne peut être reproduite ou partagée, sous quelque forme et par quelque moyen que ce soit, électronique ou papier, y compris, sans toutefois s'y limiter, copie numérique, partage de fichiers, enregistrement audio, courrier électronique et impression papier, sans l'autorisation écrite de l'auteure.

PROLOGUE

Le lapin paraissait bien nourri pour cette période de l'année. Dodu. Juteux.

Le mien.

Perchée en haut d'un arbre, les griffes enfoncées dans une branche, Rilee bava presque à l'idée d'y enfoncer ses crocs. À quand remontait son dernier repas complet ?

Trop longtemps. Mais elle n'était pas du genre à avoir une alimentation régulière, même en grandissant. Maman dépensait les allocations du gouvernement pour autre chose. Et celles-ci ne servaient pas à nourrir un enfant encombrant.

Son estomac gronda, lui rappelant qu'elle ne pouvait pas continuer à le négliger. Il avait besoin de nourriture.

Ce qui voulait dire qu'elle allait devoir chasser.

Avant que son dîner n'ait le temps de s'en aller en sautillant, elle bondit, son saut silencieux n'alerta pas sa proie. Un chat atterrissait toujours sur ses pattes. Elle le tua rapidement, car seuls les psychopathes jouaient avec leur nourriture et seuls les animaux idiots la mangeaient crue.

Elle n'était pas une bête simple d'esprit. Elle cuirait la viande. Cela serait rapide d'allumer un feu au campement et avec le sel et le poivre qu'elle avait chipés au fast food, elle pourrait l'assaisonner. Un camping gourmand.

C'était une meilleure option que les affreux refuges en ville. Elle refusait de vivre dans une cage.

La mâchoire serrée autour de sa proie, elle trottina vers sa grotte, un trou dans une colline rocheuse qu'elle considérait comme sa maison. C'était temporaire jusqu'à ce qu'elle puisse mettre un peu d'argent de côté et se trouver un vrai logement avec de l'eau chaude. Et des toilettes. Ça, ça lui manquait vraiment. Un trou dans la terre ce n'était pas la même chose.

Elle n'eut aucun problème à se faufiler entre les rochers sur la pente caillouteuse de sa demeure de Pierrafeu. Elle avait accroché une bâche au-dessus de l'entrée pour se protéger des courants d'air et des intempéries. Le rebord devant la grotte contenait les restes de son dernier feu, et avec un peu de chance, le tas de cendres cachait peut-être encore une braise qui lui faciliterait la tâche.

Néanmoins, elle ne pouvait pas s'en occuper sous sa forme féline. Puissante. Rapide comme l'éclair. Magnifique. Car un lynx ne pouvait pas démarrer un feu ou préparer le dîner. Il était temps de remettre ses vêtements.

Quand elle laissa retomber le lapin au sol, quelque chose lui sauta aux yeux : une balise en plastique à l'intérieur de son oreille.

Comment avait-elle pu ne pas la remarquer ? Elle la toucha du bout du nez et lâcha un grognement rauque et mécontent. La balise émit une faible vibration, le bourdonnement léger indiquait qu'elle transmettait des informations. Foutu mouchard. Elle était prête à parier qu'elle savait qui l'avait pucé. Ces scientifiques agaçants qui traînaient dans les bois marquaient tout ce qu'ils voyaient. Écrivant des articles sur les habitudes migratoires de la faune en utilisant des traqueurs GPS. Et elle avait ramené ce fichu truc jusqu'à chez elle.

Techniquement parlant, personne n'avait le droit de camper dans ces bois. Et la présence d'un lynx dans cette zone était inconnue. On ne pouvait pas la retrouver. Seule une personne savait où elle était et l'avait probablement déjà oublié dès l'instant où elle s'était injecté sa dose.

Saisissant à nouveau le lapin dans ses mâchoires, Rilee redescendit la pente en trottinant rapidement dans la forêt. Elle voulait éloigner la balise aussi loin que possible de son campement. Elle enlèverait le mouchard et le jetterait dans le ruisseau, là où il pourrait s'éloigner en flottant.

Adieu problème !

En fait, elle pouvait même faire mieux. Comme elle se trouvait déjà près de la source d'eau, elle prendrait un petit bain rapide, laverait son dîner, puis retournerait à sa grotte pour une nuit de lecture – car elle avait ramené quelques livres, récupérés dans la poubelle derrière la bibliothèque. Elle se fichait que la couverture fût à moitié déchirée ou que quelques pages soient tachées. C'était toujours mieux que de n'avoir que ses pensées pour lui tenir compagnie.

Entendant le bruit d'une branche qui craque, elle se figea. Instantanément, elle s'accroupit et laissa tomber le lapin de sa gueule. Ses oreilles se dressèrent, les touffes de poils qui les recouvraient étaient plus que décoratives, car elle avait l'ouïe fine.

Elle ne sentit rien de particulier, seulement le moisi habituel des feuilles, le musc d'un écureuil. Le craquement pouvait être d'origine naturelle, mais la tension en elle insistait, lui indiquant que quelqu'un l'observait.

Avec le crépuscule qui tombait, sa visibilité diminuait. Son regard scruta la forêt, sa vision restait nette malgré les ombres croissantes. Elle n'avait jamais rien vu de très gros dans ces bois. Rien qui ne puisse menacer un prédateur comme elle.

Mais lorsqu'elle remarqua un scintillement de lunettes, il était déjà trop tard. Pourtant, elle ne paniqua pas. Elle avait déjà croisé des humains auparavant, leur excitation à l'idée d'obtenir une photo d'un lynx rare était amusante. La personne qui l'espionnait n'avait pas d'appareil photo, mais un pistolet.

Qu'elle enclencha.

Elle cligna des yeux en direction du point d'impact, s'attendant à voir du sang. À la place, un petit barillet doté d'une touffe brillante à l'extrémité dépassait de son corps.

Elle venait d'être droguée ! Elle se mit à courir.

Un homme cria :

— Ne la laissez pas s'échapper ! Tirez-lui à nouveau dessus !

D'autres fléchettes la frappèrent et elle tenta de s'échapper, mais ses membres la trahirent. Elle se recroquevilla sur le sol. Ses yeux se fermèrent.

Quand elle se réveilla ensuite, elle réalisa qu'elle se trouvait dans une cage.

UN

Quel ennui ! Être exilé dans une petite ville au milieu de nulle part en Alaska. Mateo soupira. Quand son patron lui avait suggéré de faire profil bas – car apparemment quelqu'un avait filmé une vidéo d'un tigre qui entrait dans une allée, puis d'un homme nu qui en sortait – il avait espéré le faire sur la plage. Peut-être même emmener sa mère en Italie pour visiter le pays, ce qui aurait pu lui permettre de gagner quelques points fidélité pour des pâtes. Mais il n'avait pas eu cette chance.

Au lieu de ça, le grand patron lui avait dit « Tu vas aller à Kodiak Point ».

Qui, selon Internet, ne possédait qu'une route goudronnée vers la civilisation, praticable seulement quelques mois par an. Une fois que l'hiver arrivait, les habitants devaient se rabattre sur de dangereuses routes gelées.

Et c'était donc cet endroit qui serait sa maison pour les prochains mois.

Mateo pleurnicha.

— Envoie-moi où tu veux, mais pas là-bas. Et l'Afghanistan ? Il y a forcément quelqu'un que je pourrais espionner là-bas ? Ou tuer ? Tabasser ?

Ses derniers mots étaient pleins d'espoir.

Mais son patron ne supportait pas que l'on se plaigne.

— Es-tu en train de contester un ordre ? Qui, je précise, est donné parce que tu as été con. Comme un balai. Et pas un balai très efficace, mais le genre que l'on garde dans le placard, car il n'est même pas assez bien pour balayer les feuilles de la terrasse !

Mateo cligna des yeux face à cette attaque.

— Euh.

Il avait été si violemment insulté qu'il n'y avait qu'une riposte possible.

— Attends que je le dise à ma mère, dit-il d'un air menaçant.

Et il y avait de quoi. Personne ne voulait avoir affaire à elle.

— Je saurai gérer ta mère. Ce ne sera pas si terrible, dit son buffle de patron.

Mais ne le surnommez pas Bill[1]. Terrence pouvait devenir furieux et taper du pied quand cela se produisait.

— Et que comptes-tu dire aux ploucs en charge de cette ville ?

— Rien, pour le moment. Tu n'y vas pas à titre officiel.

— Je ne comprends pas bien, patron. Je croyais que tu voulais que je garde un œil sur cet endroit.

— Oui, mais de façon discrète. Je ne veux pas avertir qui que ce soit sur nos inquiétudes. Quand le moment sera venu, je parlerai à l'alpha responsable des lieux.

Donc, détends-toi. Essaie de profiter. J'ai entendu dire que la chasse et la pêche étaient excellentes.

— En hiver ? dit-il d'un air dubitatif.

— Dans le pire des cas, tu dors une bonne partie de la journée et tu te trouves une compagne agréable avec qui t'amuser en attendant le printemps.

Dit comme ça, cela ne paraissait pas si horrible. Et il aimait bien jouer dans la neige.

— Qui sait, peut-être que tu adoreras cette ville et que tu voudras y rester, ajouta Terrence.

— Pourquoi voudrais-je rester ?! s'exclama-t-il.

— Peut-être que tu rencontreras « la bonne ». Tu feras quelques petits. Et tu vivras heureux pour toujours.

— Tu as oublié de mentionner les hurlements et les lancers de chaussures.

Il se souvint de ce que c'était, enfant, que de grandir à la maison. Mais cela avait été encore pire quand, quelques mois après la mort de son père, la maison était devenue mortellement silencieuse, sauf tard dans la nuit quand il entendait sa mère pleurer.

Hors de question.

— On ne critique pas avant d'avoir essayé, lui dit son patron qui était marié et heureux.

— Pas question. Ça n'arrivera pas.

Je préfèrerais mourir plutôt que de me marier.

Contrairement à beaucoup d'autres, il ne croyait pas au destin et aux âmes sœurs. Comme s'il pouvait regarder une personne et savoir que c'était *la bonne*. Sa mère avait affirmé avoir ressenti cela pour son père. Veuve depuis que Mateo avait neuf ans, elle n'avait jamais ramené un homme à la maison pour lui présenter.

Elle s'accrochait un peu trop à son fils unique. Elle surcompensait aussi beaucoup, d'où la quantité de bagages qui accompagnaient Mateo jusqu'à Kodiak Point. Il s'était assuré qu'aucune des valises n'était assez large pour qu'elle puisse s'y cacher. Elle l'avait fait une fois, lors d'un voyage au Pérou.

Elle avait jailli de cet énorme coffre qui contenait du matériel de terrain en souriant : « Surprise » !

Après cette mascarade, il ne lui avait plus adressé la parole pendant une semaine.

Le trajet jusqu'à Kodiak Point fut assez chaotique avec l'hiver qui arrivait à grands pas. Les routes gelées, traversant des lacs, étaient fissurées et détrempées. Une couche de neige durcie et craquante recouvrait une bonne partie de la région à l'exception de la glace dure sur laquelle ils roulaient.

Il ne nierait pas qu'il devenait nerveux quand avec son chauffeur ils traversaient des étendues d'eau. Si la glace se brisait au moment de leur traversée, il risquait de prendre un bain glacé.

Mais ils arrivèrent à Kodiak Point avec leur cargaison. La petite commune n'était pas assez grande pour être qualifiée de ville et elle était aussi rustique que prévu avec un caribou qui trottait sur la route gelée, tirant un traîneau qui transportait une femme et un enfant.

Lui ne se taperait jamais la honte comme ça.

— C'est Kyle et sa famille. Il s'entraîne pour les Courses de Boue, dit Boris, son chauffeur.

Son nom collait parfaitement avec son attitude. Ce grand gars costaud avait un air perpétuellement renfrogné.

— Je peux savoir ce dont il s'agit exactement ? demanda-t-il.

— C'est un événement annuel durant la fonte des neiges au printemps quand tout ce bordel se transforme en boue et en gadoue.

— Et qu'obtient le gagnant ? demanda-t-il, adossé au camion garé près d'un bâtiment à proximité du hameau principal.

— La satisfaction d'avoir battu les autres, répondit Boris, l'air de dire « Pff, logique ! ».

Un véhicule, aussi appelé VUTT côte-à-côte selon la personne avec qui vous discutiez, roula dans leur direction avec un seul gars au volant.

— C'est l'alpha, dit Boris.

Il fut accueilli par le chef du clan en personne qui s'avéra être un homme assez costaud aux cheveux noirs et à la barbe assortie.

— Reid Carver. Chef du clan de Kodiak Point.

Reid tendit la main à Mateo, un geste très humain. Car habituellement, les métamorphes se servaient de leur odeur pour se saluer.

Il la serra.

— Ravi de te rencontrer.

Reid fit un geste en direction du chauffeur grognon.

— Je vois que tu as rencontré Boris, mon second.

— Et tu as oublié d'ajouter homme de main si quelqu'un dépasse les bornes, grogna l'élan, qui lui en donnerait pour son argent s'il pariait sur lui durant un combat à mains nues.

— Je suis sûr que Mateo est assez intelligent pour ne pas causer de problèmes, affirma Reid.

— La première règle du club des métamorphes, c'est qu'il n'y a pas de club de métamorphes[2]. Ouais. Je sais, rétorqua Mateo.

Bien que cette règle ait été un peu enfreinte dernièrement. Ils avaient eu quelques problèmes depuis qu'un taré, du nom de Parker, originaire du sud, les avait exposés. Même s'ils avaient plus ou moins réussi à enrayer les retombées et à convaincre les humains qu'il avait menti sur l'existence des métamorphes, ils devaient désormais faire face à des dragons.

Des putains de dragons, ce qui était plutôt cool étant donné qu'il n'avait jamais soupçonné leur existence. Cela les avait également aidés, car cela signifiait que désormais, le monde humain se focalisait sur les créatures cool et non pas leurs voisins éventuellement recouverts de fourrure.

Non pas que les dragons aient eu l'intention de se montrer. Tout était arrivé par accident à cause d'un petit accrochage entre dragons qui avait attiré l'attention du monde entier. Aucun nettoyage profond ne pouvait effacer les nombreuses vidéos sur Internet, mais jusqu'ici, les gens s'en accommodaient. Après tout, tout le monde aimait les dragons. Cela lui donnait espoir que, lorsque l'humanité réaliserait que les métamorphes existaient aussi, ils l'accepteraient et n'essaieraient pas de les chasser jusqu'à leur extinction.

— Un secret qui n'est plus si secret, soupira Reid en secouant la tête. Donc bon, à ce stade, il s'agit surtout de nous protéger contre les réactions extérieures.

— C'est vrai qu'un groupe de personnes qui vivent

totalement isolées ce n'est absolument pas suspicieux, dit Mateo en levant les yeux au ciel.

— Fais attention à ce que tu dis, minou, grogna Boris.

— Sinon quoi ? La vérité te dérange ?

Avant que l'élan ne s'énerve davantage, Reid s'interposa.

— Il a raison.

Mais Boris n'était pas convaincu.

— Je ne vois pas en quoi une communauté prospère est suspecte.

— Si elle devient trop prospère, des étrangers essaieront d'y accéder, répondit Mateo. Je l'ai déjà vu auparavant. Des métamorphes chassés de leurs villes et de leurs maisons à cause d'humains qui se sont précipités en pensant que l'herbe était plus verte chez le voisin.

— Alors c'est une mauvaise chose que la ville soit prospère ? dit Boris en secouant la tête. C'est stupide.

— Mais facile à réparer, dit Mateo.

— Qu'est-ce que tu suggères ? dit Reid en retournant vers son vélo, s'attendant visiblement à ce que Mateo le suive.

— Attends une seconde, s'énerva Boris. Pourquoi est-ce que tu poses la question à cet étranger, putain ?

— Parce que cet étranger ne fait que dire à voix haute quelque chose qui m'inquiète depuis un moment. Le problème, c'est que je ne sais pas comment garder la ville viable sans attirer l'attention. Peut-être qu'une personne extérieure peut avoir la solution, chose que je n'arrive pas à trouver. Alors ? dit Reid en regardant Mateo.

Il fallait qu'il réfléchisse vite.

— Le plus rapide et le plus facile, c'est de perdre une ou deux cargaisons.

Reid grimaça.

— Ce genre de gaspillage me fait mal.

— Qui a dit qu'il fallait gaspiller ? On pourrait vous les avoir volés.

— Voler notre propre cargaison ? ricana Boris. Pour en faire quoi ?

— Vendez-la sur le marché noir, dit Mateo qui faillit lever les yeux au ciel tellement cela lui paraissait évident.

— Nous ne sommes pas des escrocs ! s'exclama Boris avec colère.

— Non, mais vous êtes des gens qui essaient de ne pas se faire remarquer. Donc soit on vous vole des cargaisons soit vous en perdez quelques-unes. Peu importe la manière et ce que vous en faites. Faites juste croire qu'il y a un souci d'ordre économique.

Reid prit un air pensif.

— Ce n'est pas vraiment une mauvaise idée.

— Sauf qu'on ne connaît aucun acteur du marché noir, souligna Boris.

— Moi, si.

Mateo avait des contacts.

— Tiens, comme c'est surprenant, grommela l'homme élan.

— Ça m'intéresse. Une fois que tu te seras installé, viens me voir pour qu'on en discute, dit Reid.

La situation s'améliorait. Planifier un braquage ferait certainement passer le temps et l'endroit n'était pas complètement horrible si l'on oubliait le fait que l'hiver ne signifiait que quelques heures de lumière par jour. À cette période de l'année, la nuit régnait. Étant donné que Mateo s'épanouissait dans l'obscurité, cela ne le dérangeait pas plus que ça. Les commodités locales n'avaient rien d'incroyable. Un magasin général et quelques petits établissements, la plupart tenus directement chez les habitants, constituaient l'essentiel des lieux d'achat. Pourtant, pour sa petite taille, la ville offrait tout ce dont il pouvait avoir besoin et il était toujours possible de se faire livrer ce qu'ils n'avaient pas sur place. Pratiquement tous les jours, quelqu'un se rendait à Anchorage ou dans d'autres villes par la route glacée, soit avec le grand semi-remorque, soit avec un des véhicules équipés pour l'hiver. La nature isolée de Kodiak Point en faisait un endroit parfait pour se cacher. La ville avait été construite dans la nature sauvage et il suffisait d'un seul voyage dans les bois pour pratiquer les meilleures parties de chasse. Il devait admettre qu'il était content de reprendre contact avec la nature. Il vivait en ville depuis bien trop longtemps.

Ce qui était moins drôle ? C'était de devoir gérer sa mère. Lors de son premier appel vidéo, elle essaya pratiquement de ramper à travers l'écran.

— Salut, maman.

— Il n'y a pas de « Salut » qui tienne ! Tu me brises le cœur en déménageant si loin. Après tout ce que j'ai fait pour toi.

Sa mère commença à le harceler et il soupira. Il allait devoir endurer cela quotidiennement jusqu'à son départ.

— C'est seulement temporaire.

Et puis, ce n'était également pas non plus la première fois qu'il quittait le foyer. Mais à chaque fois, elle faisait des histoires.

— Tu n'auras plus que la peau sur les os à ton retour. Les gens vont croire que je suis une mauvaise mère, se lamenta-t-elle alors qu'il avait une valise remplie de provisions, dont du vrai parmesan et une râpe à fromage. Comme si c'était de ça dont il avait besoin dans la cambrousse, du parmesan fraîchement râpé...

— Il y a plein de nourriture ici, Mamma.

— Des pâtes en sachet et des tomates en conserve, ricana-t-elle avec dédain.

— Je ne vais pas mentir. Ce ne sera jamais aussi bon que ta cuisine, mais il y a du poisson frais et les steaks de caribous sont apparemment très bons.

— Pff.

Elle se plaignit un peu plus. Puis elle le gratifia de ses histoires de travail. Parce que c'était bien connu, la couture était une activité quotidienne passionnante. Mais il était quand même ravi que sa mère ait un travail, car, enfant, c'était le seul moment où il pouvait lui échapper.

Lorsque ses bavardages abordèrent le sujet les filles célibataires et disponibles de ses amies, il parvint enfin à lui dire au revoir et raccrocha.

Être un fils à sa maman n'avait pas toujours été facile, mais cela voulait aussi dire que le colis suivant, envoyé depuis la ville, contenait un énorme paquet non pas d'une douzaine, mais d'une centaine de cookies différents qu'il donna à Reid afin qu'il les distribue dans tout le village. Le colis contenait également des pots de sauce bolognaise cuisinée par sa mère. Ceux-là, il ne les partagea pas.

Il les mangea. Il planifia quelques braquages. Appela quelques-uns de ses contacts pour passer des accords.

Et fit des siestes. Beaucoup de siestes.

C'était parfait.

Relaxant.

Tout cela fut perturbé moins d'une semaine après son arrivée.

Il n'avait encore jamais vu cette motoneige auparavant. Dans une ville aussi petite, il ne fallait pas longtemps pour identifier les gens et leurs véhicules.

L'engin était vieux et le pare-brise fissuré. La conductrice était emmitouflée dans des vêtements de neige rapiécés. Quand elle enleva son casque pour le placer sur le siège, elle révéla son visage, celui d'une femme qu'il n'avait jamais vue.

Une nouvelle tête. Comme c'était curieux. D'où venait-elle ?

Elle entra dans le magasin d'alimentation générale et il prit la même direction, pour ensuite se faufiler discrètement, l'observant à travers la fenêtre avant. Tournant le dos à Mateo, elle discuta avec le gars qui se tenait derrière le comptoir. Quand elle s'éloigna pour faire ses courses, il entra, sa grande taille offrait un avantage visuel qui lui permettait de voir au-dessus des rayons. Il repéra le haut de sa tête. S'il voulait avoir un aperçu clair de son visage, il allait devoir se rapprocher.

Il fallait juste qu'il la voie.

La sente.

La touche.

Il fit un pas en avant. Puis s'arrêta. Mais qu'est-ce qu'il faisait ?

Tu fais des trucs bizarres, voilà ce que tu fais.

Il pivota, reprit sa marche, puis s'arrêta à nouveau.

L'apparition soudaine de cette femme méritait bien une enquête, non ? Il pivota à nouveau. Il était temps d'arrêter de déconner et de se confronter à elle. Cela satisferait sa curiosité de savoir si elle était vieille ou laide. Bien que cela n'avait pas d'importance. Si elle était mignonne, il était peu probable qu'elle soit célibataire. Même si elle n'avait pas de partenaire, lui ne cherchait pas à se mettre en couple, peu importe à quel point les aubergines au parmesan de Francesca ou la tarte feuilletée de Marisol étaient délicieuses. Sa mère avait tendance à évaluer ses potentielles futures femmes en fonction de leurs compétences culinaires. Bien entendu, aucune d'entre elles ne cuisinait aussi bien qu'elle.

Mateo tourna à l'angle et se rendit dans l'allée suivante, pour finalement s'apercevoir que la fille avait disparu. Il fronça les sourcils et jeta un coup d'œil vers l'allée suivante. Comment avait-elle pu disparaître ?

Il faillit sursauter quand une voix douce lui dit soudain :

— Y a-t-il une raison pour que tu m'espionnes comme ça ?

Il pivota et tressaillit.

— Putain, tu es super silencieuse.

Elle leva un sourcil.

— Et toi non. Tu n'es pas non plus très discret quand tu espionnes les gens.

— Je ne t'espionnais pas.

Face à son regard appuyé, il sourit.

— OK, peut-être un peu. Qu'est-ce qui se passe avec ton odeur ?

Si elle avait été humaine, cela aurait pu paraître

bizarre comme question, mais en se retrouvant face à elle, il ne doutait pas qu'il parlait à un autre métamorphe. L'odeur familière de la féline était masquée par le parfum plus prononcé du pin. Avec sa couleur de cheveux argentée, c'était peut-être un cougar. Un jeune cougar.

—Je suis désolée, peut-être que le fait de prendre des douches n'est pas une chose à laquelle tu es habitué ? lui demanda-t-elle. Je pourrais peut-être t'offrir du savon.

Son sourire s'élargit face à sa réponse insolente.

— Tu vois très bien ce que je veux dire. Pourquoi est-ce que tu sens le désodorisant pour voiture ?

— Parce que j'aime bien ça ?

— Intéressant. Alors qu'est-ce que tu es quand tu ne fais pas semblant d'être un arbre ?

Parce qu'il la trouvait très mignonne, bien que très petite, comparée à lui en tout cas.

— Ce que je suis ne te regarde pas. Je ne te dois aucune explication.

Même s'il ne comprenait pas pourquoi elle voulait garder cela secret, il laissa tomber.

— Je ne t'ai jamais vue ici auparavant.

— Parce que je n'habite pas en ville.

— Où habites-tu ? demanda-t-il.

En étudiant les cartes des environs, il n'avait repéré aucun autre bâtiment à proximité.

— Tu n'as pas besoin de le savoir. Et je n'aime pas me faire interroger par des inconnus, dit-elle en pinçant les lèvres.

— Je m'appelle Mateo Ricci, répondit-il en lui tendant la main.

Elle la regarda, mais ne la serra pas.

— Tu es nouveau, déclara-t-elle.

— Ouaip. Je suis arrivé il y a environ une semaine.

— Personne ne t'a expliqué que certains d'entre nous viennent ici pour avoir un peu d'intimité ?

— Je ne dévoilerai aucun de tes secrets. Nous sommes tous des amis ici.

Car la deuxième règle du club des métamorphes, c'était que tout le monde soutenait le club des métamorphes.

— Je n'ai pas besoin d'amis.

— Moi si. J'imagine que tu ne voudrais pas aller boire une bière ? Peut-être lancer quelques fléchettes ?

— Non.

— Tu préfères le vin ? Je pourrais te préparer un festin. Il ne faut juste pas le dire à ma mère.

Elle pinça à nouveau les lèvres, et comme si elle ne pouvait pas s'en empêcher, elle lui demanda :

— Pourquoi est-ce que ta mère ne doit pas savoir que tu cuisines ?

— Parce que sinon elle va pleurer et prétendre que je n'ai plus besoin d'elle, et ensuite je devrais manger deux fois plus le mois prochain pour lui prouver que si et la dernière fois que j'ai fait ça, j'ai pris neuf kilos.

Il ne put s'empêcher de jeter un regard amer sur son ventre. Il avait parfois des problèmes de poids. Les tigres de l'Amour avaient tendance à stocker de la graisse.

— T'es un fils à sa maman ? lui demanda-t-elle, presque incrédule.

— Ouaip. Et fier de l'être. Tu es proche de ta mère toi ?

— Non. Elle est morte. Et avant que tu ne poses la

question, mon père aussi. Mes grands-parents également. Tout le monde.

— Tu es orpheline ? Ça craint.

— Waouh, c'est..., elle secoua la tête. Il faut que j'y aille. Au revoir.

— Déjà ? Mais tu ne m'as même pas dit ton prénom.

— Parce que ce n'est pas important.

Elle tourna les talons et s'en alla.

— Je peux te revoir ?! lâcha-t-il soudain.

Elle s'arrêta dans sa course pour le regarder par-dessus son épaule.

— Non, lui répondit-elle très clairement.

Puis, elle s'en alla.

Et Mateo se mit à rire encore et encore, jusqu'à en avoir les larmes aux yeux.

Le gars derrière le comptoir était perplexe et dut lui demander :

— Qu'est-ce qu'il y a de si drôle ?

D'ironique plutôt. Le destin venait de lui donner une gifle en référence à ce qu'il avait dit à Terrence une semaine plus tôt.

— Cette petite demoiselle va être ma femme.

Ce tigre avait trouvé son âme sœur.

---

1. Référence à Buffalo Bill
2. Référence à une réplique du film Fight Club

DEUX

Rilee ne savait pas pourquoi elle avait parlé à cet homme, surtout quand sa première intuition, en ayant senti et repéré Mateo, avait été de s'enfuir. Se cacher. Sa présence la troublait. D'autant plus que sa féline voulait se rapprocher. Le renifler. Peut-être même, le lécher un peu.

S'était-il roulé dans l'herbe à chats ?

Non pas que Mateo ait besoin d'aide pour être attirant. Même s'il la surplombait d'au moins trente centimètres et qu'il était d'autant plus large, il avait un beau visage. Sa peau hâlée de méditerranéen se mariait bien avec ses cheveux d'un noir de jais. Même son prénom était sexy et elle avait envie de le faire rouler sur sa langue.

Peut-être qu'il portait un parfum au saumon. Il s'était certainement suffisamment approché d'elle pour qu'elle le sente. Pour qu'elle le désire.

Cet imbécile insolent n'avait même pas cherché à cacher qu'il l'espionnait. Elle avait fait tout son possible pour être courageuse quand il l'avait abordée. Elle espérait qu'il n'avait pas remarqué que son cœur battait la chamade.

Qui était cet homme ? Que voulait-il ? Elle ne s'était pas évadée pour se faire à nouveau capturer. Elle avait pourtant cru que cette fois-ci elle s'était échappée pour de bon.

Je ne retournerai jamais dans la cage.

La peur la poussa à se rendre dans les bureaux de Reid Carver. En tant qu'alpha de cette ville, il pourrait la rassurer. Il était l'une des rares personnes qui pouvaient calmer son anxiété et gérer le problème avec ce nouvel arrivant. Reid lui dirait de la laisser tranquille. Et si cela ne suffisait pas, elle pourrait toujours en parler à Boris.

Et pourquoi ne pourrais-je pas m'en occuper moi-même ? Depuis quand est-ce que je demande de l'aide ?

En entrant dans les bureaux de Reid – qui était l'établissement de l'entreprise en charge des livraisons et qui gérait l'import-export des marchandises de la ville – elle tomba sur Tammie, l'épouse de Reid, assise derrière le bureau. Elle donnait le sein à un bébé emmailloté tandis qu'un petit garçon jouait avec de gros blocs de construction dans un coin encerclé par une clôture blanche. Une méthode plus douce que celle qu'employait sa mère à l'époque. La laisse autour de son cou avait tendance à s'emmêler. Elle avait failli mourir étouffée à plusieurs reprises. *Petite conne. T'essaies de m'attirer des ennuis.*

Ouais logique, elle voulait mourir pour causer du tort à sa mère. Qui était conne en fin de compte ?

Tammy détourna le regard de l'ordinateur et lui sourit.

— Salut, Rilee. Comment se sont passées tes transactions commerciales cette semaine ?

Depuis un moment, Rilee rapportait des fourrures et d'autres objets intéressants à échanger. Elle n'avait donc pas besoin d'argent et ne laissait aucune trace écrite.

— Ça a été une bonne année pour la chasse, avoua-t-elle.

Même si cela n'avait pas vraiment d'importance qu'elle puisse en rapporter suffisamment. À Kodiak Point, la demande était assez forte.

— Est-ce que Reid est là ? Il faut que je lui demande quelque chose.

— Il est sorti avec les garçons aujourd'hui. Tu as un souci ? demanda Tammy en posant le bébé sur son épaule pour le faire roter.

Rilee se gratta le nez, car elle détestait demander de l'aide, mais s'il y avait bien quelqu'un en qui elle avait confiance, c'était Reid et sa femme.

— Il y a un nouveau en ville. Il me pose beaucoup de questions.

— Je vois que tu as rencontré Mateo, dit Tammy en rigolant. Comme tu l'as remarqué, il n'est pas du genre timide.

— Sans blague, murmura-t-elle.

— Ne t'inquiète pas. C'est un bon gars.

— Pourquoi est-il ici ?

— Il avait juste besoin de se couper du monde pour quelque temps.

— Il a des ennuis ?

— Pas vraiment. La vidéo de lui qui circule est assez floue, cela pourrait être n'importe qui d'autre. Mais par précaution, *ils* – c'est-à-dire ceux qui dirigent les coulisses de chaque ville – voulaient qu'il soit hors de vue, qu'on l'oublie.

— Quelqu'un ferait bien de lui rappeler que les personnes qui viennent ici cherchent souvent à avoir un peu d'intimité.

Au lieu d'être d'accord avec elle, Tammy fronça les sourcils.

— Je me fais du souci pour toi, Rilee.

Ce n'était pas la première fois que la jeune femme, un peu plus âgée qu'elle, lui disait ça.

— Je vais bien.

— Tu dis ça et pourtant je ne peux pas m'empêcher de m'inquiéter du fait que tu vives seule dans les bois.

— J'aime bien être seule.

Elle aimait le silence et sa liberté.

— Et s'il t'arrivait quelque chose ? Et si tu avais besoin d'aide ?

Étant donné que la même question lui avait traversé l'esprit, elle ne se moqua pas d'elle, mais haussa simplement les épaules.

— J'ai ce talkie-walkie que m'a donné Reid. Et tu sais bien que Boris et d'autres passent me voir plusieurs fois par semaine.

Tammy soupira.

— Et dire que même ce peu d'attention c'est déjà trop pour toi.

Bizarrement, Rilee sourit.

— C'est agréable, mais aussi agaçant. On dirait des mamans poules qui n'arrêtent pas de glousser. Tu as assez de bois ? De nourriture ? Comment est l'état de ton toit ?

dit-elle en levant les yeux au ciel, même elle ne voulait pas admettre que ce n'était pas une mauvaise chose après ce qui lui était arrivé.

Il y a plusieurs années, Reid l'avait retrouvée dans la nature, elle était un véritable animal sauvage, presque enragée à cause de la peur. Il avait pris le temps de la ramener à la civilisation en lui promettant que plus personne ne s'approcherait assez près d'elle pour pouvoir lui faire à nouveau du mal.

Une promesse qu'il pouvait tenir tant qu'elle vivait à Kodiak Point. Mais quand elle avait décidé de déménager hors de la ville, choisissant d'habiter dans une cabane récemment abandonnée dans les bois, elle avait su le risque qu'elle prenait.

— La fille de la météo annonce qu'une tempête se prépare à frapper dans quelques jours. Une grosse tempête.

— Heureusement que d'ici là j'aurai mes provisions, dit Rilee avant de quitter le bureau de Reid, après avoir réussi à ne pas regarder longuement les enfants avec envie.

Il fut un temps où elle aurait bien aimé elle aussi avoir ses propres bambins. Puis elle avait passé du temps dans une cage à cause d'un psychopathe et d'une mère qui préférait les drogues à sa fille. Ce monde ne méritait pas les enfants. Sans oublier qu'elle aurait besoin d'un homme pour au moins faire don de son sperme. Et qui pouvait-elle bien choisir ? Tous les mecs bien de la ville étaient pris.

Pas d'homme. Pas de bébés. Alors que fit son traître

d'esprit ? Il lui rappela ces yeux noisette, ce sourire de playboy, et la fossette. Mateo avait une sacrée fossette.

C'était presque trop. Heureusement qu'elle n'avait pas l'intention de le revoir. Avec cette tempête qui menaçait de frapper, elle serait à l'abri dans son petit espace confortable, en train de faire des choses importantes, comme coudre des mocassins à la main. Elle avait enfin obtenu tous les outils pour essayer.

Bienvenue dans sa vie trépidante.

Le VUTT, vieux et bruyant, mais fiable, grinça alors qu'elle prenait le chemin du retour. Un trajet d'une bonne vingtaine de minutes qui lui prit une heure de plus alors qu'elle faisait un détour pour vérifier ses pièges. Elle ne pouvait rien troquer si elle n'attrapait rien. De la fourrure et de la viande, des baies à la fin de l'été. Une ville de métamorphes de la taille de Kodiak Point était pleine de prédateurs qui consommaient beaucoup de nourriture, plus que ce qu'ils auraient facilement pu se faire livrer.

Quant à la fourrure, malgré ce que les écolos aimaient prétendre, certains animaux se reproduisaient très rapidement, à moins que des prédateurs naturels ne se chargent de la sélection naturelle. Comme elle. La règle générale de la chasse, c'était de ne pas gaspiller. Mange la viande, sers-toi de la fourrure et arrache ces plumes.

Seul l'un de ses pièges avait attrapé quelque chose. Un pinson qui termina dans la casserole après qu'elle l'eut lavé.

D'abord, elle le ferait cuire. Sa bouche se mit à saliver rien qu'en imaginant sa peau croustillante. La chair serait juteuse. Une fois la majorité de la viande enlevée, elle jeta les os dans un pot avec un peu d'eau, des herbes et des légumes pour faire un ragoût.

En d'autres mots, la même chose qu'elle avait préparée il y a quelques jours, et la semaine précédente. De la bonne nourriture consistante, mais toujours la même. Ennuyeuse.

Comme sa vie.

Cependant, l'autre alternative était de devoir composer avec d'autres personnes.

Non merci.

Ce soir-là, quand elle alla se coucher elle rêva d'un certain gars effronté. Dans son rêve, il flirtait outrageusement avec elle et essayait de l'embrasser, ce qui la fit se réveiller en sursaut, consciente de cette tension entre ses cuisses.

Ce n'était que récemment que ce désir était revenu et comme elle s'était remise à lire des romans d'amour, elle savait comment le gérer. Ses doigts frottèrent, sachant où et comment caresser, accentuant son désir, mais ce ne fut que lorsqu'elle ferma les yeux en imaginant Mateo qu'elle jouit.

Quel homme agaçant. Il lui gâchait même son plaisir personnel. Elle sortit du lit en grognant. Elle venait tout juste de rencontrer ce type et le supportait à peine. Pourquoi n'arrêtait-elle pas de penser à lui ?

Si un petit con énervant comme lui pouvait l'attirer, c'était peut-être le signe qu'elle se sentait enfin assez bien pour envisager sortir avec quelqu'un.

Mais sortir avec qui ?

Elle connaissait tout le monde en ville. Aucun n'avait jamais été le sujet de ses fantasmes. Peut-être qu'une marche rapide ou un peu d'exercice l'aiderait à se vider la tête.

Elle se mit en route, ses raquettes répartissant son poids sur la neige dure. Les branches de la forêt craquèrent, laissant retomber un peu de neige. C'était paisible ici, sans être interrompu par le bruit de la civilisation. Sans être gêné par le soi-disant progrès.

Le soleil brillait et l'air était sec. Cela l'aida à calmer ses nerfs. Dans ces bois, elle était en sécurité. Elle n'était pas obligée de voir Mateo. Ni personne.

À part le livreur. Il était censé arriver en début d'après-midi, ce qui lui laissait assez de temps pour partir avant que la nuit ne tombe.

Elle allait vérifier ses pièges tout de suite au cas où elle puisse envoyer quelque chose pour qu'on lui fasse crédit lors de sa prochaine visite.

À une centaine de mètres de chez elle, elle entendit le claquement puis le grincement de l'un de ses pièges. Compte tenu du beuglement qui suivit, elle n'eut pas besoin de voir pour comprendre qu'elle avait attrapé quelque chose d'assez gros dont le vocabulaire incluait quelques mots en italien.

Mais qu'est-ce qu'il fait dans mes bois ?

TROIS

— Merde, merde, merde !

Mateo se maudissait d'avoir été aussi stupide en marchant droit dans le piège. Littéralement. Ce dernier s'était enroulé autour de ses chevilles et l'avait hissé au-dessus du sol. À sa décharge, il ne s'était pas attendu à tomber sur des pièges. Il avait été trop occupé à observer la petite cabane qu'il voyait à travers les arbres. De la fumée sortait de la cheminée. Vu les indications qu'on lui avait données, il savait que c'était chez *elle*. Mais à qui étaient les pièges ?

Était-elle en danger ? Ou bien quelqu'un les avait-il installés pour la protéger étant donné qu'elle vivait seule ici ? Du moins, c'était ce que lui avaient dit ceux qu'il avait interrogés, notamment l'alpha qui l'avait averti en grognant : « Laisse-la un peu tranquille, ne la colle pas trop. »

Psychologie inversée ? Cela marchait totalement sur lui qui était un peu con.

Car tout ce qu'il voulait, c'était la revoir. En portant

moins de vêtements et espérant faire exactement ce que Reid lui avait dit de ne pas faire.

Il justifia le fait d'avoir marché dans un piège sans se soucier de rien, car il avait eu une nuit agitée. Puis, pour en rajouter une couche et aggraver cette situation déjà gênante, il avait lâché une bordée de jurons et c'est alors qu'il l'avait entendu crier :

— Calme-toi ! J'arrive.

En l'espace de quelques secondes, elle entra dans la petite clairière, vêtue d'une veste à carreaux et de bottes semblables à des mocassins, un fusil sur l'épaule. Elle lui jeta un regard noir.

— C'est toi, grogna-t-elle.

— Bonjour, *bella*.

— Ce n'est pas comme ça que je m'appelle.

Ça, il le savait. Mais il ne savait pas grand-chose d'autre étant donné que tout le monde lui disait la même chose : « *Laisse-la tranquille* ».

— Comme tu n'as pas voulu me dire ton prénom, j'ai dû improviser. J'ai choisi bella pour ta beauté.

Ce surnom flatteur ne fit qu'accentuer son air renfrogné.

— Qu'est-ce que tu fais là ?

— Je viens t'apporter des provisions.

C'était simplement une excuse pour la voir. Son âme sœur. Il n'avait pas réussi à se la sortir de la tête. C'était même effrayant à certains égards et pourtant, il avait suffisamment entendu parler de cette envie de s'accoupler pour comprendre ce qui lui arrivait. Les humains, eux, avaient le coup de foudre. Les animaux en revanche se fiaient à leur instinct et aux phéromones. Il n'y avait pas cru jusqu'à ce que le désir le brûle, exigeant qu'il la touche. La marque. Peut-être même qu'il urine sur les arbres de la zone pour montrer qu'elle lui appartenait.

Heureusement qu'il s'était retenu pour l'urine, car elle n'avait pas l'air contente de le voir. Pas encore. Sa maman lui disait toujours qu'il était capable de charmer un ange du paradis s'il le voulait.

— Je ne vois pas de provisions, remarqua-t-elle.

— Elles sont avec la motoneige.

— Je ne vois pas de véhicule, dit-elle en regardant d'un air exagéré autour d'elle.

— Parce que tout est là-bas, dit-il en indiquant les bois à l'ouest.

— Donc tu l'as garé et tu as marché ? Pourquoi ? T'essayais de me prendre par surprise ? Parce que je préfère te prévenir que c'est un bon moyen de te faire tirer dessus.

— J'ai cru avoir senti quelque chose.

— Par-dessus l'odeur d'essence de la motoneige ?

Mince, elle avait vraiment réponse à tout.

— J'ai un bon odorat.

— Pas tant que ça apparemment, sinon tu ne te serais pas fait prendre. C'est la première fois que je piège un tigre. Je me demande combien je pourrais te vendre en ville, dit-elle avec un rictus.

— C'est toi qui as posé ce piège ?

— Est-ce que c'est là que tu montres ton côté macho en me disant que ce n'est pas trop mal pour une femme ?

Il sourit.

— En fait, j'allais plutôt te dire que ma mère aurait approuvé.

Sa réponse lui fit se mordiller la lèvre inférieure.

— Ta mère chasse ?

— Pas vraiment, mais elle cuisine et ne croit qu'en l'utilisation d'aliments frais.

Elle pencha la tête sur le côté.

— Tu parles beaucoup à ta mère ?

Il aurait bien menti, mais un fils à maman finissait toujours par se faire attraper. Mieux valait cracher le morceau tout de suite.

— J'adore ma mère. C'est la femme la plus intelligente et la plus forte que je connaisse.

— Apparemment, ce n'est pas la meilleure des mères puisqu'elle a oublié de t'apprendre que lorsqu'une femme dit non, je n'ai pas envie de te voir, tu devrais respecter son choix.

— Je ne suis pas venu pour te voir, mais pour aider la communauté. Ton livreur habituel a dû prendre l'avion pour régler un problème d'ordre familial.

C'était surtout parce que Mateo lui avait offert des places pour aller voir un match de hockey à Vancouver.

— On m'a demandé de donner un coup de main, continua-t-il.

Il s'était surtout porté volontaire en insistant beaucoup jusqu'à ce que Reid soupire et dise « *OK, mais ne viens pas pleurer après si elle t'explose les couilles* ».

— Et toi, évidemment, tu as sauté sur l'occasion d'être un bon citoyen.

Elle voyait clair dans son petit jeu.

Alors il changea de tactique.

— OK. J'avais envie de te revoir. En même temps, tu

es tellement de bonne humeur, comment peux-tu m'en vouloir ?

Ouais il la titillait en lui tirant la queue et il aimait ça, surtout quand l'expression de son visage changea et qu'elle grimaça comme si elle suçait un citron.

— Personne ne t'a jamais dit à quel point tu étais agaçant ? Surtout que ça a l'air de te réjouir.

— Tout le temps. Ma mère dit souvent que j'ai eu de la chance, enfant, d'être un tigron adorable, sinon elle m'aurait vendu pour de l'argent.

Son visage se ferma soudain avant qu'elle ne tourne les talons et s'en aille.

— Qu'est-ce que j'ai dit ?

Elle ne répondit pas.

— Où est-ce que tu vas ? Je te signale que je suis toujours pendu à un arbre, la tête en bas, là ! lui rappela-t-il.

— Je sais.

— Tu ne penses pas que tu devrais intervenir ?

Elle s'arrêta au bord de la clairière et le regarda par-dessus son épaule.

— Je te libérerai quand j'aurai fini de décharger mes provisions.

Sur ces mots, elle s'en alla pour de vrai et quelques minutes plus tard il entendit le bruit d'un moteur.

Tant pis pour lui, mais elle n'avait vraiment pas envie d'avoir affaire à des gens. Reid l'avait averti. Tout comme Boris dont les mots exacts avaient été : « Cette fille est brisée. Si tu la contraries, je te briserai encore plus ». Mais celle qui lui faisait vraiment peur, c'était la femme de Boris, Jan, qui était enceinte et qui avait braqué un pistolet à l'arrière de sa tête et murmuré : « Garde à l'esprit que si mon mari te fait mal, moi en revanche je te tuerai. Double tir. Tu ne te relèveras plus jamais. »

Plutôt que d'avoir peur, il rigola. Comment aurait-il pu s'en empêcher ? Il avait trouvé ses semblables. Leurs paroles lui en apprenaient plus que leur penchant pour la violence ; elles témoignaient de leurs liens profonds avec tout le monde dans cette ville, même avec une femme distante qui avait été blessée.

Par qui ? Compte tenu de sa réaction après ses dernières paroles – une blague sur une mère qui vend son enfant – il grimaça rien qu'en l'imaginant. Qui pouvait bien faire du mal à un enfant ? Comment pouvait-il lui démontrer que certaines personnes étaient dignes de confiance ?

Il devrait d'abord commencer par prouver qu'il n'était pas bête. Que devait-elle penser en le voyant se faire prendre au piège sans parvenir à se libérer ? Pathétique. Comment pouvait-il prouver qu'il serait un bon partenaire si elle pensait qu'il fallait s'occuper de lui ?

Les muscles de son ventre protestèrent alors qu'il se relevait suffisamment pour pouvoir repérer la corde qui lui liait les chevilles. Il laissa retomber le couteau dans la neige avant de tomber lui-même, parvenant à se retourner et à atterrir sur ses pieds. Bien qu'il n'y ait personne autour pour admirer son agilité. Elle était vraiment partie.

Il n'eut aucun problème à la suivre, d'autant plus qu'il entendait sa motoneige vrombir au loin. D'après les coordonnées GPS qu'il avait rentrées dans son téléphone, ils n'étaient pas loin de chez elle. Il trotta le long du sentier et arriva à temps pour la voir décharger les provisions dans le traîneau qui servait de remorque.

Elle jeta un regard dans sa direction, mais ne dit rien alors qu'elle transportait une caisse de boîtes de conserve dans la cabane. Ce n'était pas très grand, surtout si on comparait le lieu aux maisons en ville. Elle était faite de vrais rondins, encochés les uns sur les autres aux angles de l'habitation. Il y avait une fenêtre à gauche de la porte. Pas très grande. La cheminée, sur le toit pentu, crachait de la fumée. Sur le côté de la cabane et dans le coin, à droite de la porte d'entrée se trouvait un tas de bois intact. Jetant un coup d'œil sur le côté, il vit un petit sentier qui menait jusqu'à l'arrière. Quand la météo était bonne, elle faisait l'effort d'éloigner le bois le plus loin possible pour le préserver.

Malin.

Contrairement à lui. Il entra dans la cabane, portant deux grandes caisses à la fois, ce qui, avec le recul, était stupide. Certes, cela mettait en valeur ses beaux muscles, mais cela signifiait aussi qu'il vidait le traîneau beaucoup trop rapidement.

Malgré le toit en pente, le plafond était bas à l'intérieur et des planches de bois avaient été plaquées contre les poutres encastrées. Elle le vit fixer le plafond et lui dit :

— Les plaques sont doublées d'isolant de l'autre côté, mais elles sont lâches pour que je puisse les enlever l'été.

— Pour laisser monter l'air chaud, murmura-t-il, en fronçant les sourcils. Il fait si chaud que ça en été ?

— Peut-être pas le genre de chaleur dont tu as l'habitude dans le Sud, mais assez pour que tu aies chaud et transpires.

Rien que de l'imaginer luisante et mouillée...

Son désir semblait flotter dans l'air alors qu'il la regardait. Elle écarta les lèvres. La sentait-elle, cette connexion entre eux... ?

Celle-ci se brisa quand elle sortit pour récupérer un autre chargement. Il la suivit et réalisa qu'ils avaient presque terminé. Apparemment, une personne qui vivait seule n'avait pas besoin de grand-chose.

Au moment où il déposa les deux grands barils d'eau, elle s'attendit à le voir partir.

— Merci. Salut.

— J'imagine que je ne peux pas te déranger en te demandant un verre ? J'ai terriblement soif.

Il lui fit son plus beau sourire. Celui pour lequel sa mère levait les yeux au ciel et lui faisait ensuite à manger. Souvent. Un tigre de l'amour en pleine croissance avait besoin de beaucoup de nourriture.

— Je n'ai que de l'eau.

— J'aime bien l'eau.

Généralement sous forme de glaçon dans un verre frais et avec une boisson alcoolisée. Elle marcha jusqu'à l'évier, qui était alimenté par une bonbonne sur le comptoir. Elle lui tendit une tasse, prenant soin de ne pas le toucher.

Il but une gorgée.

— Ça fait longtemps que tu habites ici ?

C'était difficile à dire. La cabane semblait être là depuis un certain temps, mais à l'intérieur, elle manquait de touches chaleureuses qui auraient pu en faire un foyer. Aucune photo ni bibelot, seulement des choses pratiques. Un lit simple avec des caisses rangées en dessous. Une table avec une chaise à dossier droit. Des étagères s'étendaient tout autour de la pièce, à quelques centimètres du toit, et contenaient des livres. Beaucoup de livres.

Il y avait en revanche un fauteuil pelucheux, le genre qui pouvait se balancer d'avant en arrière, devant un poêle à bois avec d'autres livres empilés à côté. Le comptoir qui longeait tout un mur était placé en dessous, avec la nourriture. L'étagère au-dessus contenait de la vaisselle et des épices. Une marmite en train de cuire quelque chose frémissait sur le poêle à bois, dégageant un parfum savoureux. D'après les rares informations qu'il avait pu obtenir en ville, elle vivait seule.

— Je suis ici depuis un petit moment, oui.

— Je suis surpris que tu n'aies pas d'animal de compagnie.

Bien que certains puissent trouver ironique qu'un métamorphe ait une créature à fourrure dans les pattes, pour beaucoup, cela leur permettait d'avoir un petit compagnon qui les comprenait parfois mieux que les humains ne le pourraient jamais.

— T'as vu la taille de cet endroit ou quoi ? dit-elle en levant un sourcil. Et puis, j'aime bien être seule.

— Ah oui ?

Il regarda autour de lui et essaya d'imaginer ce que ce serait de n'avoir personne autour de lui. Pas même une télévision ou une radio. Pas un seul bruit.

— Ça paraît très… solitaire.

— Ne commence pas. C'est Tammy qui t'a demandé de faire ça ?

— Quoi ?

Sa question le laissa perplexe.

— Elle t'a demandé de venir livrer les provisions, n'est-ce pas ?

— À vrai dire, c'est Reid.

Il ne précisa pas que lui en revanche l'avait supplié.

Elle fronça les sourcils.

— Reid et Tammy ?

— Est-ce que tu te sentirais mieux si je te disais que Boris m'a menacé de me couper les couilles si je te contrariais ?

Ses lèvres tressautèrent.

— Oui.

— Et Jan a dit qu'elle s'assurerait de m'exploser tellement la cervelle que je ne pourrais jamais ressusciter sous la forme d'un zombie.

Elle laissa échapper un sourire.

— C'est bien le genre de Jan, oui.

— Il y a beaucoup de gens en ville qui tiennent à toi.

Elle haussa les épaules.

— Ce sont de bonnes personnes.

— S'ils sont si gentils, pourquoi est-ce que tu te caches dans les bois ?

Au lieu de lui répondre, elle lui demanda de but en blanc :

— Pourquoi tu t'intéresses autant à moi ?

Sa mère n'avait pas élevé un menteur.

— Tu es mon âme sœur.

Elle cligna des yeux et une myriade d'expressions se lurent sur son visage.

— Non.

Un seul mot, mais son odeur ne mentait pas. Elle ne se cachait pas derrière un désodorisant pour voiture cette fois-ci.

Il sourit.

— Si.

Elle secoua la tête.

— Non. C'est faux. Alors, sors-toi cette idée de la tête.

— Comment peux-tu en être si sûre ? Peut-être que tu as besoin de me sentir d'un peu plus près ?

— Je te sens très bien d'ici. Toujours pas intéressée.

Il tendit la main vers elle, effleurant seulement la sienne du bout des doigts, et elle tressaillit, comme s'il l'avait tasée – chose qu'il avait déjà vue auparavant. Pourtant, dans son cas, au lieu de se contorsionner sous l'effet du courant électrique, ses yeux s'écarquillèrent.

De peur.

Elle avait peur de lui.

Impossible.

C'est pourquoi il retira immédiatement sa main et recula.

Cela ne l'empêcha pas de saisir le fusil de chasse près de la porte et de le pointer dans sa direction.

— Va-t'en.

— Attends, *bella*.

— J'ai dit, va-t'en.

Étant donné qu'il avait commis une grave erreur, il ne chercha pas à contester.

Et puis, il n'aurait pas su quoi dire.

À cet instant, tout devint clair. Il comprit notamment que quelqu'un avait effrayé sa future compagne.

On ne l'avait pas seulement effrayée, mais on lui avait aussi fait du mal.

Et ça, il ne pouvait pas le tolérer.

Dis-moi qui je dois tuer.

QUATRE

Rilee tremblait encore. Mateo n'avait rien fait de menaçant, il avait simplement effleuré sa peau. Dire que cela l'avait fait sursauter était un euphémisme.

De l'excitation. Un coup de foudre.

Puis la peur. La panique.

Au moins, il n'avait pas cherché à discuter et était parti avant qu'elle ne soit obligée de lui tirer dessus. Une fois qu'il fut parti, elle ferma la porte et s'y adossa, bien après que le bruit de moteur de la motoneige se fut éloigné.

Elle détesta être tombée si vite dans ce piège. Allait-elle régresser comme durant cette mauvaise période où Reid l'avait secourue et qu'un contact inoffensif l'avait fait se terrer dans sa chambre le reste de la semaine ?

Quand elle était arrivée à Kodiak Point pour la première fois – se réveillant dans une vraie chambre avec sa propre salle de bains au lieu d'une cage – elle était à peine plus évoluée qu'un animal sauvage, ne se rappelant plus comment être humaine. Elle avait refusé de quitter son lynx, grognant et s'énervant contre Reid à chaque fois qu'il venait dans sa chambre. Il ne lui avait jamais fait de mal. Il restait juste debout quelques secondes et disait : « Tu es en sécurité ici. Je te protégerai ».

Comme si elle allait le croire.

La nourriture qu'il lui apportait – ainsi que les ustensiles – était probablement une ruse. Mais elle la mangeait quand même.

Le ventre plein, elle avait zyeuté la douche. Cela faisait... trop longtemps qu'elle n'en avait pas pris une. Ou vu un morceau de savon.

Mais elle n'avait pas osé s'en servir pour autant. Elle ne voulait pas qu'on voie ce qu'elle était. Sinon, elle allait avoir des ennuis.

Une fois que les deux premiers jours de sa captivité s'étaient écoulés, elle s'était attendue à ce que Reid la maltraite. Lui demande des choses. La menace.

Mais il n'avait rien fait de tout ça. Il avait simplement continué à lui apporter de la nourriture. Elle refusait de parler, restant sous sa forme de lynx, ce qui était assez compliqué quand il était l'heure d'aller aux toilettes. Devoir s'accoutumer à ces toilettes n'était pas vraiment un moment agréable de la journée. Pourtant, cela lui avait permis de retrouver progressivement son humanité. Son envie de vivre. D'être... elle-même.

Lors de cette prise de conscience, elle avait réalisé qu'elle pourrait peut-être faire confiance à Reid. Non seulement il ne lui avait pas fait de mal, mais en plus, elle n'était pas prisonnière. La porte de sa chambre n'était pas fermée.

Sortant dans un couloir aussi banal que sa chambre,

avec son parquet éraflé et ses murs en plâtre peints d'une couleur neutre, elle avait reniflé. Elle se souvenait encore avoir été assaillie par les odeurs, celle de Reid étant la plus forte. Mais il y en avait aussi d'autres. Avec ce parfum particulier, celui qui indiquait qu'ils étaient différents, comme elle. Elle avait silencieusement pris l'escalier et avait erré dans le salon, telle une ombre qui rampait sur les murs pendant qu'une femme jouait avec un enfant en bas âge. Un bébé sur le dos, agitant les pieds et les mains. Gargouillant.

Ce spectacle l'avait stoppée dans son élan. Reid l'avait amenée chez lui.

Lui avait fait confiance alors qu'elle était en présence de sa compagne et de leur enfant.

Petit à petit, elle était redevenue elle-même, mais elle n'avait pas pu endiguer ses cauchemars.

Reid avait essayé de comprendre, sans succès. Seul Boris pouvait comprendre les difficultés liées au syndrome post-traumatique.

Il fut un temps où Rilee doutait de pouvoir se remettre un jour de ce qui lui était arrivé. Après le temps passé en cage, au début, elle ne pouvait pas supporter les gens autour d'elle. Reid, avec sa présence apaisante et sa voix autoritaire, l'avait aidée à enrayer plus d'une crise de panique. Elle avait fini par tolérer Boris, surtout parce qu'elle voyait comment l'homme prenait soin de sa petite femme, Jan et qu'il traitait Rilee comme sa fille. Le genre de père bourru qui ne faisait jamais de câlins ni ne disait « Je t'aime », mais qui proposait régulièrement de tuer tous ceux qui l'avaient embêtée. C'était l'une des choses les plus gentilles qu'on lui ait jamais dites.

Ils l'avaient aidée à guérir de cette épreuve. Boris, notamment, savait comment s'asseoir silencieusement dans un coin de sa chambre quand elle se réveillait en hurlant de ses cauchemars.

Il n'avait jamais rien dit. Il n'en avait pas besoin parce qu'il comprenait ce qui se passait dans sa tête. Comment le passé refusait de rester enfoui.

Mais finalement, ce dernier avait arrêté de la détruire à chaque réveil. Elle avait appris à quitter la maison. Même à tolérer d'autres personnes. Ce qu'elle ne supportait pas, c'était les espaces clos ou bien qu'on la touche. Quand elle avait finalement décidé de déménager, elle avait eu peur que sa cabane ne lui rappelle un peu trop la cage dans laquelle elle avait vécu trop longtemps. Les premiers jours, elle avait laissé la porte ouverte, dès qu'elle était à l'intérieur.

Plus de trois ans plus tard, elle pouvait désormais la garder close et même fermer ses fenêtres quand les courants d'air étaient trop forts.

Cependant, elle n'aimait toujours pas qu'on la touche. Et Mateo avait manifestement compris cela, car il était parti de chez elle. Il avait été en colère, mais pas parce qu'elle l'avait rejeté. Non. Si elle avait bien lu en lui, il était en colère parce qu'elle avait eu peur de lui.

Maintenant qu'il savait qu'elle ne le regarderait jamais comme il aurait aimé qu'elle le fasse, il ne reviendrait pas.

Ce qui était probablement mieux comme ça.

Alors pourquoi est-ce que cela la rendait si triste ?

CINQ

L'élan essaya de se mettre en travers du chemin de Mateo, mais ce dernier ne comptait pas se laisser stopper. Il souleva Boris et le mit sur le côté ce qui amena Jan, la femme de Boris et réceptionniste du jour, à éclater de rire.

Quand l'élan souffla par le nez, Mateo agita le doigt dans sa direction.

— On jouera plus tard. Là tout de suite, il faut que je parle à l'alpha. C'est à propos de Rilee.

— Eh bien quoi, Rilee ? Qu'est-ce que tu as fait ? s'énerva Boris, serrant les poings.

— Je n'ai rien fait, putain. Par contre, quelqu'un d'autre a visiblement fait de la merde, grogna-t-il.

— Elle t'a raconté ? dit Jan d'un air surpris.

— Non ! aboya-t-il. Mais tu viens de confirmer mes soupçons. Je veux savoir de qui il s'agit. Et plus important encore, sont-ils encore en vie ?

Même s'il l'avait voulu, Boris n'aurait pu froncer davantage les sourcils.

— Ce n'est pas si simple.

— Donc, la réponse est oui, dit Mateo avec un regard noir. Je veux un nom.

— Je ne peux pas...

Il s'empara du grand costaud et le mit à terre en une seconde. Boris ne se débattit pas, ce qui était assez décevant.

Mais il n'en eut pas besoin. Jan et son pistolet se tenaient derrière lui.

— Lâche Boris.

— Tu n'oserais pas me tirer dessus.

— Ose faire du mal à mon mari, et tu verras, dit-elle d'un ton bien trop mielleux.

— Ta femme se bat-elle toujours à ta place ? demanda Mateo.

— Tout le temps, ricana Boris. J'ai fini par arrêter de lui expliquer que c'est émasculant quand elle essaie de me protéger.

— Oh, tais-toi. Tu sais que tu adores ça. Maintenant, si on a enfin terminé de constater à quel point je suis géniale, lâche mon mari.

— OK, soupira Mateo.

— Qu'est-ce que c'est que ce bordel ? grogna Reid, la porte de son bureau soudain ouverte.

— Le beau gosse est tout retourné parce qu'il a compris que Rilee a eu des soucis par le passé, déclara Boris.

— Elle te l'a dit ? demanda Reid en levant les sourcils d'un air surpris tout en tenant un enfant dans ses bras.

— Non, elle ne m'a rien dit, mais il est putain d'évident que quelqu'un lui a fait du mal.

— Ouais. Quelqu'un lui a fait du mal. Gravement, dit Reid d'une voix rauque et basse.

— Raconte-moi.

Alors que Reid hésitait, Jan intervint.

— Ce n'est pas comme si c'était un secret.

Elle regarda Mateo.

— Quand elle est arrivée ici, elle était dans un sale état. Étant donné qu'elle était encline à prendre la fuite, nous avons dû parler d'elle aux habitants. D'autant plus qu'au début, personne ne pouvait la toucher, expliqua-t-elle en pinçant les lèvres. Je jure que si jamais on retrouve l'enfoiré qui lui a fait du mal, je lui mettrai moi-même une balle dans la tête.

— Alors, fais la queue, murmura Reid. Et j'imagine qu'il n'y a pas de mal à te prévenir pour Rilee.

Jan tendit les bras vers lui.

— Donne-moi le petit. Il ne devrait pas entendre ce genre de chose.

Jan prit l'enfant et Reid guida Mateo dans son bureau.

— Assieds-toi.

Mateo s'exécuta, surtout pour ne pas faire les cent pas. Il avait le sentiment qu'il n'allait pas aimer cette histoire.

Il fallut un moment à Reid pour commencer.

— J'ai trouvé Rilee il y a environ cinq ans.

— Trouvé ? Elle était perdue ?

— Oui. De plus d'une façon. Tout a commencé quand on m'a rapporté qu'un chat sauvage terrorisait des campeurs et détruisait les campements. Avant qu'ils n'envoient quelqu'un pour l'abattre, je lui ai rendu visite.

— Tu savais qu'il s'agissait d'un métamorphe ? demanda Mateo.

Reid secoua la tête.

— Non, mais il y avait quelque chose de délibéré dans les attaques et c'est pour ça que je me suis posé la question. Je me suis rendu au parc national, là où se produisaient les incidents et j'ai traqué le chat qui causait tout ce grabuge.

Étant donné que Reid était un ours Kodiak, il n'était pas difficile d'imaginer qu'un autre prédateur puisse reculer devant lui.

— Tu l'as calmée et l'as amenée ici.

Reid ricana.

— Si seulement ça avait été aussi simple. J'ai failli perdre un œil lors de notre première rencontre. Il a fallu que je soudoie Rilee pendant deux semaines avec de la nourriture en lui parlant à voix haute sans obtenir de réponse avant qu'elle ne vienne enfin vers moi sans me donner de coup de griffes. La seule raison pour laquelle j'ai réussi à la faire sortir de ce parc, c'est parce que l'office de protection de la nature l'a attrapée et tranquillisée. Ce qui, je dois préciser, ne l'a pas rendue plus encline à accepter mon aide, mais comme elle s'était évanouie, j'ai pu faire ce qui devait être fait.

— Ce qui explique comment elle a atterri ici, mais pas comment elle a fini dans ces bois, complètement hystérique.

Reid se frotta le visage.

— C'est cette partie-là qui est moche. Elle ne m'a raconté que quelques bribes de son histoire. En résumé, elle a été capturée sous sa forme féline.

— Un lynx, ce qui est rare et probablement un sacré butin pour tout zoo, privé ou non.

— Privé. Quand elle s'est réveillée, elle s'est retrouvée dans une cage, résidente d'une ménagerie appartenant à un braconnier.

— Putain de connards.

Tous les métamorphes étaient conscients qu'ils existaient et ils les détestaient. C'est pourquoi la plupart d'entre eux n'aimaient pas les armes à feu et évitaient de s'en servir, à cause de la nature désinvolte des meurtres. Cependant, les temps avaient changé et eux aussi avaient dû le faire. Se précipiter tête baissée sur un type qui pointait une arme était stupide.

— Mais c'était pire que d'être simplement une esclave dans une cage. L'homme qui l'a attrapée était un sadique. Et il savait ce qu'elle était. Il a essayé de la forcer à se transformer.

— Forcer... elle a été torturée ?

Cette révélation fut comme un coup de poing dans son estomac.

— Oui, mais je n'ai jamais cherché à lui faire revivre les détails. Je ne pouvais pas alors qu'elle en fait encore des cauchemars. Quand elle vivait chez moi, elle se réveillait terrorisée, plusieurs fois par nuit.

Son cœur se serra.

— Elle s'est échappée, j'imagine.

— Oui. Elle a fini par le faire, dit doucement Reid.

La terreur lui noua l'estomac.

— Combien de temps a-t-elle été sa prisonnière ?

— Cinq ans. Elle a été capturée juste après ses dix-huit ans.

— Cinq...

La période était ahurissante. Cela expliquait mieux pourquoi elle était comme ça. Ayant passé quelques mois, incarcéré dans des prisons ici et là à cause de certaines de ses activités, il ne pouvait que compatir. Mais c'est alors qu'il comprit.

— Attends, si elle a refusé de se transformer, ça veut dire qu'elle a passé ces cinq ans sous sa forme de chat ?

Reid acquiesça.

— C'est un miracle qu'elle ait conservé un peu de son humanité.

Cela expliquait aussi pourquoi elle n'était pas à l'aise dans une ville remplie de gens, mais en même temps, elle ne devait pas laisser son passé la condamner à une vie solitaire pour autant. Le problème, c'était de savoir comment se rapprocher d'elle.

Quand il reçut un deuxième colis de sa maman, il eut une idée. Avec un paquet attaché dans le dos, il décida d'aller lui rendre visite à pied, cette fois-ci en faisant attention à ses pièges.

Pourtant, elle le prit à nouveau par surprise !

SIX

Rilee arma son pistolet tout en sachant que le son l'alerterait.

— Qu'est-ce que tu fais ? dit-elle.

— Je t'ai apporté un cadeau.

— En venant à pied ?

Mais pas en douce. Il sautillait le long du sentier, sans se soucier du reste.

— Les motoneiges sont très bruyantes. J'aime bien écouter le son de la nature.

Ça, elle ne pouvait pas le contester.

— Tu perds ton temps. Je ne veux pas de cadeau.

— Ce n'est pas n'importe quel cadeau. C'est la fameuse sauce secrète de ma mère.

— Dont je n'ai pas besoin.

Il s'esclaffa.

— Dit celle qui n'y a manifestement jamais goûté. Crois-moi quand je te dis que tu ne mangeras jamais meilleure sauce bolognaise.

— Peut-être que je n'aime pas la sauce tomate sur mes plats.

— Probablement parce que tu n'as jamais essayé celle de Mamma, se vanta-t-il.

— T'es vraiment venu là pour me harceler jusqu'à ce que je mange la stupide sauce de ta mère ?

— Harceler ? Jamais. Par contre je suis assez offensé que tu qualifies sa sauce de stupide. Tu verras, c'est l'ambroisie qui en une seule bouchée va te vider l'esprit.

— Donc si j'en mange je vais devenir débile ? dit-elle en lui souriant. Ça explique tout.

Elle était assez audacieuse quand elle tenait une arme. Ça et le fait d'avoir vécu à Kodiak Point pendant des années l'avaient rendue assez courageuse pour oser tirer la queue d'un tigre.

Beaucoup de gars auraient flippé qu'elle les ait insultés. Mais Mateo ? Sa fossette se creusa un peu plus alors qu'il riait.

— Tu te moques et tu es sceptique, mais je vais te prouver mes dires en te préparant le dîner.

Le laisser entrer pour qu'il prenne tout l'espace et qu'elle soit hyper consciente de sa présence ?

— Non.

Elle s'éloigna de lui, lui en ayant déjà trop dit. Elle n'était pas du genre à faire la conversation ou à aligner plusieurs phrases à la suite.

Bien que, dernièrement, elle avait vu plus de gens que d'habitude durant ses visites en ville. Elle avait même passé la nuit chez Reid à plusieurs reprises récemment, proposant de faire la babysitter pour qu'ils puissent sortir, lui et sa femme.

Elle avait passé la soirée à regarder des séries sur des plateformes de streaming.

Était-elle enfin prête à vivre parmi les gens ?

Mateo suivit son rythme, pas le moins du monde découragé.

— Ne sois pas si hâtive. Et si je te disais que j'ai apporté de la farine et des œufs pour pouvoir faire des pâtes fraîches ?

Elle le regarda, sa carrure impressionnante, cette fossette sur sa joue, et essaya de l'imaginer en train d'enfoncer son coude dans la pâte.

— Tu sais faire des pâtes ?

— Depuis que je suis petit et je peux te montrer comment.

— Pourquoi est-ce je prendrais la peine de les faire alors que c'est plus facile de jeter des trucs emballés dans l'eau bouillante ?

Cela le fit carrément frissonner.

— Il ne faut surtout pas que ma mère t'entende dire ça. Elle est connue pour pouvoir critiquer pendant des heures les sortes de pâtes orange sur le marché qui sont très populaires auprès des gens.

— Oh, moi j'adore ces trucs ! s'exclama-t-elle.

Il gémit.

— Oh, *bella*, il faut que tu me laisses te montrer ce que sont les vraies pâtes.

Il y avait quelque chose chez lui qui la rendait légère et lui donnait le sourire aux lèvres. Et c'était là que se trouvait le danger. Et si elle baissait sa garde un instant et le laissait s'approcher ?

La trahirait-il ?

Et même s'il ne le faisait pas, et s'il flirtait avec elle et qu'elle flippait. Et si la prochaine fois qu'il la touchait, elle lui tirait dessus ?

Ou se mettait à hurler ?

Elle n'aurait pas pu dire ce qu'elle redoutait le plus. Il valait mieux s'assurer que cela ne se produise jamais.

— Qu'est-ce que tu ne comprends pas dans : « Je préfère être seule » ?

— Comment tu peux être sûre de préférer ça si tu n'as jamais essayé d'être en ma compagnie ?

Il n'abandonnait pas.

— Ça, c'est du harcèlement.

— Non, ça, c'est moi qui te demande de me laisser une chance parce que je le sens jusque dans mes tripes que nous sommes faits l'un pour l'autre.

Un coup sec, le désir que tout cela soit vrai, la frappa. Puis, la réalité la rattrapa.

— Qu'est-ce qui te fait croire que tu es si spécial ?

— Je suis content que tu poses la question. Déjà, je suis très beau.

— Passable, dit-elle, mentant comme une arracheuse de dents.

— J'ai un très bon caractère.

— D'après qui ?

— Ma mère. Elle dit aussi que j'ai les joues les plus douces, les plus rondes et les plus délicieuses qui soient.

Avant qu'elle ne puisse s'en empêcher, elle rétorqua :

— Tes joues sont loin d'être potelées. Peut-être qu'il faut que tu manges plus.

Il s'étouffa presque.

— Je mange plus qu'assez, je t'assure. Et ne laisse jamais ma mère t'entendre dire que j'ai l'air affamé. Elle me nourrit déjà trop comme ça. Regarde.

Il souleva son pull pour lui montrer un ventre, qui, bien que non dessiné, paraissait musclé et plat.

— Tu n'es pas gros.

— Touche-moi et tu verras.

Elle leva un sourcil.

— Je ne te toucherai pas.

— J'ai oublié cette règle effectivement.

— Ce n'est pas une règle, mais une préférence.

— Que je respecterai. Ma mère m'a bien élevé. L'honneur du métamorphe, salua-t-il avec deux doigts.

Elle ricana.

— Vu le nombre de fois où tu as mentionné ta mère, je suis surprise que tu aies quitté la maison.

— C'était une sacrée épreuve avec beaucoup de larmes. Tu as déjà vu un homme adulte pleurer, *bella* ? C'est pas joli. Mais finalement, bien qu'elle ait juré que mon départ la tuerait probablement, j'ai emménagé dans le loft au-dessus du garage.

Elle le fixa du regard.

— S'il te plaît, dis-moi que tu plaisantes. Tu vis toujours chez ta mère ?

— Au-dessus du garage, rectifia-t-il. Mon loft est un appartement entièrement fonctionnel. Je paye même le loyer et les charges.

— C'est à trois mètres de chez ta mère.

— Plutôt sept mètres.

Et il ne paraissait absolument pas embarrassé.

— Tu sais qu'à ton âge tu devrais envisager de prendre un peu tes distances. Couper le cordon.

— Pourquoi ?

— Parce que tu es un adulte et que c'est bizarre.

— C'est ma mère. Elle a besoin de moi.

— Et qu'en pense ta petite amie ?

Trop tard, elle réalisa qu'elle donnait l'impression de partir à la pêche aux informations. Son sourire ne pouvait être plus suffisant.

— Célibataire. Donc tu n'as pas à t'inquiéter. D'autant plus que je ne suis pas du genre à jouer sur deux tableaux. Si tu es avec moi, tu n'auras pas à me partager avec quelqu'un d'autre.

— Sauf ta mère.

— Exactement. Je suis content que tu le comprennes. Depuis que mon père est mort, je suis la seule famille qui lui reste. Ne le prends pas pour toi si la première fois que vous vous rencontrez elle te déteste au premier coup d'œil.

Elle savait qu'elle n'aurait pas dû le demander, mais elle le fit quand même.

— Pourquoi est-ce qu'on se rencontrerait ?

— Je dirais que c'est assez évident étant donné que toi et moi sommes faits pour être ensemble.

Sur ces paroles assez audacieuses, il partit en direction de sa cabane, la laissant bouche bée.

C'était la deuxième fois qu'il affirmait cela. La première fois, l'idée même lui avait fait battre le cœur à la chamade, puis son sang s'était glacé. Un compagnon signifiait laisser quelqu'un s'approcher.

Jamais.

Au grand jamais.

Elle allait vite remettre les pendules à l'heure. L'avertir qu'il perdait son temps. Elle n'était pas assez bête pour se mettre en couple avec quelqu'un.

En pénétrant dans la cabane, elle remarqua immédiatement qu'il avait déjà commencé à déballer son sac. Un pot Mason avec de la sauce rouge à l'intérieur. Un bocal de farine. Des œufs, qu'il avait enveloppés dans une légère écharpe grise. Quand les œufs furent en sécurité, il lui tendit l'écharpe.

— Tiens, c'est pour toi.

— Pourquoi ?

Elle froissa le tissu doux.

— Ai-je besoin d'une raison pour offrir un cadeau ?

— Je ne veux pas de cadeau.

Parce que les cadeaux étaient synonymes d'attaches. Elle le lui rendit.

— Et si je te dis de le considérer comme un paiement ?

— Pour ?

— Pour ne pas m'avoir tué.

— Pas encore, précisa-t-elle. Je ne t'ai pas encore tué.

La menace lui fit pencher la tête en arrière et lâcher un gloussement retentissant. C'était assez contagieux. Elle mordit sa lèvre pour ne pas l'imiter.

— Si tu comptes me tuer, attends au moins jusqu'au dîner. Parce que je vais faire exploser tes papilles gustatives, ronronna-t-il presque.

Mais ce fut le clin d'œil espiègle qui crispa quelque chose entre ses jambes.

Il se retourna, heureusement pour elle. Elle était effrayée et alarmée, car pour la première fois depuis longtemps – très, très longtemps – elle éprouvait du désir pour quelqu'un.

Cela la surprenait surtout parce qu'elle avait cru que cette partie-là de sa vie était terminée. Certes, elle se masturbait, après tout, elle était une femme saine, mais elle n'aurait jamais imaginé vouloir qu'une autre personne la touche à nouveau.

Elle le regarda, écoutant le grondement profond de sa voix alors qu'il disposait ses ingrédients. Elle attendit que la peur devienne insoutenable, que la panique se manifeste, car ils étaient seuls dans une pièce fermée.

Mais tout comme Reid, Boris et les personnes en qui elle avait confiance, elle parvint à se détendre en sa présence. Même à être normale.

Il ne semblait pas penser que quelque chose clochait chez elle. Il attrapait des choses sur son étagère comme s'il en avait le droit, lui racontant des histoires sur son enfance en mesurant la farine et l'eau, puis ajouta les œufs, pétrissant le tout en continuant de parler. Il ne la fermait jamais.

Elle n'aurait pas pu répéter ce qu'il lui disait, mais il était amusant, souvent scandaleux. Il avait tendance à se retourner et à lui sourire avec simplicité, comme si le fait de la voir le rendait heureux.

C'était étrange, car elle l'avait pris pour un homme sérieux et sinistre. La première fois, quand il l'avait suivie dans le magasin, il avait eu un regard dangereux. Et dans la forêt, il restait sur ses gardes.

Mais ici, avec elle, il lui dévoilait un côté doux, aimant faire des monologues. Il ne semblait pas se soucier du fait qu'elle le regardait avec méfiance, attendant le moment où... quoi, que ferait-il ?

Logiquement, elle savait qu'il ne l'attaquerait pas. Non, son plan était bien pire. Il lui offrait son amitié et le genre de flirt qui se produisait généralement entre un homme et une femme. Des jeux de séduction qui, avec une personne moins brisée qu'elle, auraient pu évoluer par la suite.

Elle aurait pu l'envoyer balader à tout moment, mais elle ne le fit pas. À la place, elle s'autorisa à faire semblant, pendant quelques heures, qu'elle pouvait être cette fille qui avait un rencard et un dîner avec un gars. Le genre de fille qui méritait les bougies qu'il avait récupérées sur une étagère et qu'il avait disposées sur sa petite table.

Ce repas était probablement le meilleur qu'elle ait jamais mangé.

Elle gémit à haute voix dès la première bouchée. Puis, rougit.

— Alors, comment c'est ? demanda-t-il, d'une voix étrangement rauque.

Elle leva un doigt en prenant une autre bouchée. Elle se trompait probablement. Ça ne pouvait pas être aussi bon.

Elle gémit.

Encore mieux.

— Mon Dieu, aidez-moi putain, l'entendit-elle murmurer.

Elle jeta un coup d'œil dans sa direction et le vit s'occuper du contenu de son assiette, trempant un peu du pain qu'elle avait fait hier, sauf qu'il l'avait amélioré. Il l'avait beurré, saupoudré d'ail en poudre et fait griller.

Elle partagea le festin avec lui, s'efforçant de mieux retenir ses gémissements de plaisir sans pouvoir s'empêcher de nettoyer son assiette. Quand elle eut terminé d'engloutir la nourriture, elle se pencha en arrière en soupirant et avoua :

— C'était vraiment super bon.

— J'ai vu ça, gronda-t-il. Je n'ai jamais été aussi jaloux de la nourriture.

— Jaloux ? dit-elle avec un rire nerveux tout en rougissant sous son regard ardent.

— Bon...

Quoi qu'il ait eu l'intention de dire, ses paroles furent noyées par la chanson « Mama, I'm coming Home[1] » d'Ozzy Osbourne.

— Elle est en avance, dit-il en fronçant les sourcils.

— Qui ça ?

— Mamma.

Elle crut qu'il plaisantait.

— Attends, c'est ta mère qui t'appelle ? Comment fait-elle ? Je n'ai aucun réseau ici moi.

— J'ai un téléphone satellite. Je n'ai pas le droit de quitter la maison sans le prendre. Et, oui, c'est ma mère. On parle tous les soirs. Donne-moi une seconde. Si je ne réponds pas, elle va flipper.

Il se leva et approcha le téléphone de son oreille, répondant d'un air pressé :

— Je peux te rappeler, Mamma ? Je suis occupé, là.

L'ouïe de Rilee était assez bonne pour qu'elle puisse entendre ce qui était dit dans le combiné, mais la politesse la poussa à faire du bruit en débarrassant la table.

Quand elle jeta un coup d'œil vers lui, elle remarqua la tolérance qui se lisait sur son visage.

— Bien sûr que tu es importante. Tu es ma mère, celle qui m'a appris tout ce que je sais, notamment mes bonnes manières. Et là, je suis grossier avec mon amie.

Elle se raidit. Amie ? Ce n'est pas comme ça que Rilee les aurait décrits, mais ils avaient passé une bonne après-midi et un début de soirée sympathique.

— Une amie fille si tu veux vraiment savoir.

Il y eut une pause.

— Non, ce n'est pas ma petite amie, dit-il en la regardant et en lui faisant un clin d'œil.

Puis, silencieusement il dit : « *Pas encore* ».

Elle rougit et espéra s'être retournée assez vite pour qu'il ne l'ait pas vue.

Il continua sa conversation.

— Je ne t'ai pas encore parlé d'elle parce qu'on vient juste de se rencontrer. Si tu veux vraiment le savoir, elle s'appelle Rilee.

Elle crut entendre une réponse à la Charlie Brown[2] avant qu'il n'écarte le téléphone de son oreille et dise :

— Mamma te dit bonjour.

Ce n'était pas l'impression qu'elle avait, mais Rilee parvint à lâcher un faible :

— Hum, bonjour à vous aussi ?

Il se remit à parler à sa mère. Oui, il avait bien reçu

son colis. Non, il n'avait pas besoin de plus de chaussettes et de sous-vêtements. Oui, il prenait bien ses vitamines. Et pouvait-il l'appeler plus tard ?

Elle entendit d'autres lamentations et *gna-gna-gna* au bout du téléphone. Il leva les yeux au ciel avant de dire :

— Je t'aime, Mamma. Tout va bien. Je t'appellerai demain matin.

Après avoir rassuré sa mère sur le fait qu'il l'aimerait pour toujours, il raccrocha et lui fit un sourire penaud.

— Désolé.

Elle, de son côté, ne pouvait que secouer la tête.

— Mec, c'est pas sain tout ça.

— Elle m'aime.

Chose que Rilee ne pouvait pas comprendre. Même avant qu'elle n'ait été placée dans un foyer d'accueil, elle n'avait pas vraiment eu une vie de famille très agréable. Sa mère était tombée dans la drogue quand Rilee était encore enfant. À seize ans, elle avait passé plus de temps dans un foyer d'accueil subventionné par le gouvernement qu'avec ses parents. Elle n'avait jamais connu son père.

— L'amour que te porte ta mère a l'air de demander beaucoup de travail, remarqua-t-elle.

— Certaines choses en valent la peine. Laisse-moi t'aider avec la vaisselle.

Elle faillit dire non, effrayée par la proximité, mais pourtant, tout comme durant le repas, il fut un parfait gentleman, ne l'effleurant pas une seule fois du bout des doigts.

Le fait qu'elle s'attende toujours à ce que cela se

produise la tendit. Quand les couverts furent séchés et rangés, elle se figea. Elle n'avait qu'un seul fauteuil confortable. Ce dernier pourrait les accueillir tous les deux si l'un d'eux s'asseyait sur l'autre. Hors de question. Ce qui laissait comme alternative la table de la cuisine ou son lit.

Il attrapa sa veste et l'enfila avant de remettre ses bottes.

— Merci d'avoir accepté de dîner avec moi.

Attendez, quoi ? Il allait partir comme ça ?

— C'était délicieux, osa-t-elle dire en laissant retomber sa main sur le côté, prête à saisir son arme si besoin.

Celle-ci était posée pas loin.

— Je suis content que ça t'ait plu. La prochaine fois je verrai si je peux me débrouiller pour faire des fettucine à la carbonara.

— C'est celles avec du bacon ? J'adore le bacon, dit-elle, sa voix montant soudain dans les aigus.

— Je te donnerai tout ce que tu veux, *bella*, dit-il d'une voix rauque.

— Ce dîner m'a donné sommeil. Il est temps pour moi d'aller me coucher.

Ce n'était pas totalement vrai. Elle n'était pas du tout fatiguée. Elle frissonna de la tête aux pieds.

Pouvait-il le sentir ? Il la fixa du regard, intensément et assez longtemps pour qu'elle ait l'impression qu'il allait l'embrasser. Elle se prépara à dire non s'il essayait.

— Bonne nuit, *bella*.

Il s'en alla sans rien tenter et elle alla se coucher, déçue.

Frustrée.

Se demandant si elle le verrait à nouveau. Si c'était le cas, aurait-elle le courage de lui voler un baiser ?

---

1. Maman, je rentre à la maison
2. Personnage de BD de Snoopy qui dit souvent « Dieu du ciel ! »

SEPT

Mateo s'en alla malgré l'intérêt qu'il avait senti chez elle. Il s'éloigna, même s'il avait envie de rester.

À peine avait-il quitté sa cabane qu'il avait déjà hâte de la revoir.

C'était de la folie. Une personne ne pouvait pas autant occuper ses pensées et pourtant, en très peu de temps, elle l'avait fait. Il n'aurait pas pu définir exactement ce qui la rendait différente des autres.

Sa beauté n'était qu'une infime partie. Il sentait une force qui cachait une certaine vulnérabilité. La façon dont elle avait surmonté l'adversité démontrait son courage et sa volonté de ne pas abandonner. Quand il arrivait à la faire sourire, c'était parce qu'il l'avait mérité. Elle ne flirtait pas de façon outrageuse ni ne le complimentait sans cesse. D'habitude, les femmes avaient recours à ce genre de méthodes pour finir dans son lit, mais elle, elle ne faisait rien de tout ça.

Merde, la plupart du temps, il se demandait même si elle le percevait de cette façon. Lui en tout cas oui. Même maintenant, alors qu'il était adossé à un arbre, s'il fermait les yeux, il pouvait l'imaginer, la lumière faible des bougies baignant son visage dans une douce chaleur, faisant ressortir de petites taches sur sa pupille. Mais c'était surtout son odeur qu'il gardait avec lui. Un soupçon boisé et un parfum qui lui était propre, taquin et excitant.

Il avait voulu l'embrasser avant de partir. Mais il n'avait pas osé. C'était trop tôt. N'est-ce pas ?

Étant donné sa nature nerveuse, il ne pouvait pas imaginer qu'elle puisse bien accueillir son baiser. Comment un homme pouvait-il demander à une femme de sortir avec lui sans gâcher l'instant ?

Et si elle disait non ?

Et si elle disait oui ?

Il banda, rien qu'à cette idée. Il n'avait pas vraiment besoin de la toucher pour savoir que l'alchimie entre eux serait présente, explosive et brûlante. Dès qu'ils se rapprocheraient, ils finiraient par faire l'amour passionnément. Il embrasserait chaque centimètre de sa peau. Il la vénèrerait et lui prouverait qu'elle pouvait lui faire confiance aveuglément.

Ils vivraient heureux pour toujours...

Dans une petite cabane au milieu des bois.

Il grimaça. Même s'il aimait la tranquillité des lieux, il n'était pas sûr de se projeter en tant qu'ermite pour le restant de ses jours. Mais il doutait également qu'elle accepte un jour de partir. Ce qui voulait dire ?

Rien, parce qu'il se montait la tête. Elle l'avait toléré quelques heures, ce qui signifiait seulement qu'il avait fait un pas dans la bonne direction.

Il avait encore du chemin à faire pour qu'elle lui fasse confiance. Il allait falloir bien plus qu'un plat de pâtes pour la faire tomber amoureuse. Heureusement que son exil lui laissait le temps de la courtiser.

Mais son repos fut de courte durée, car le lendemain son patron l'appela – son vrai patron, Terrence, pas l'alpha de la ville.

— Heureusement qu'on t'a envoyé sur place à ce moment-là.

Il se rappela qu'il n'avait pas été envoyé ici par accident. Oui, il avait été filmé. Oui, il fallait qu'il fasse profil bas et quelle meilleure couverture que d'être envoyé dans un endroit intéressant avec une excuse plausible ?

Il y avait un problème à Kodiak Point. Pour résumer, quelqu'un s'était récemment intéressé à la ville et avait fait des recherches sur le dark web en posant des questions qui avaient alerté au plus haut point les membres du Conseil – ceux qui protégeaient les métamorphes.

— Qu'est-ce qu'il se passe, patron ? demanda-t-il en sortant de sa chambre d'hôtel.

Il y avait quinze chambres au total, chacune équipée d'un lit, d'un bureau et d'un fauteuil, d'une petite salle de bains, d'un micro-ondes et d'un mini frigo. La garçonnière parfaite. Pas étonnant que sa mère se fasse du souci.

— Le groupe ciblé est en mouvement et se dirige vers un campement établi à environ cent quarante-cinq kilomètres à l'est de la ville.

Le groupe ciblé était des chasseurs qu'ils suspectaient fortement de braconner, mais pas des animaux sauvages issus de la jungle. Ces braconniers ne chassaient qu'un type spécifique de proie – des métamorphes – et avaient jusqu'alors fait un excellent travail pour dissimuler leurs identités. Mais même sur le dark web, il était possible de retrouver des traces.

— Combien sont-ils dans le groupe ?

— Beaucoup, répondit son patron de façon sinistre. Dix-sept d'après nos comptes.

Il laissa échapper un long sifflement tout en surveillant la ville endormie.

— Est-ce qu'on est sûr qu'ils chassent les habitants de la ville ?

— Aucune idée, mais ils ont l'air prêts à tout.

Mateo se rappela soudain d'un détail.

— N'y a-t-il pas deux autres camps plus proches que celui vers lequel ils se dirigent ?

Il avait étudié le dossier avant de venir.

— Si, mais celui qu'ils ont choisi est un terrain de premier choix pour la chasse au caribou qui est justement leur couverture.

— Ou bien c'est un voyage légitime avec des voyous qui veulent juste se mélanger, dit Mateo en se frottant le menton. Tu vas en informer l'alpha de Kodiak ?

— Pas encore. Nous ne voulons aucun incident. Nous allons continuer à surveiller la situation et toi reste à l'affût d'éventuels nouveaux arrivants. Il faut que tu restes prudent, quelles que soient les personnes qui arrivent en ville. Quand je dis prudent je veux dire au point de porter des gants en plastique comme si tu avais peur d'être contaminé par une infection et paranoïaque au point de te déshabiller pour te frotter ensuite avec une brosse métallique.

Terrence avait parfois le sens de la formule.

— En gros, fais attention. J'ai compris.

Ses ordres ne lui posaient aucun problème, sauf pour une chose.

Dans l'heure qui suivit, il toqua à la porte du bureau de Reid, car il n'y avait personne à la réception.

— Entre, dit l'alpha.

Il n'était pas seul. Boris était adossé à un mur et un gars extrêmement costaud était affalé sur une chaise.

Le chef de Kodiak Point lui fit un signe de tête brusque.

— Mateo, content que tu sois là. J'aimerais te présenter Gene. C'est lui qui gère ce qui se passe sur le terrain.

L'homme jeta un coup d'œil dans sa direction et grogna. C'était assez courant chez les hommes de Kodiak Point, car beaucoup avaient fait l'armée ensemble. Sa mère n'avait pas voulu le laisser s'engager dans l'armée humaine, c'est pourquoi, quand Terrence l'avait recruté il avait sauté l'occasion.

— Je n'avais pas réalisé que vous étiez en réunion. Je repasserai plus tard, dit Mateo, prêt à faire demi-tour.

— Non. Reste. J'ai le sentiment que tu peux peut-être nous donner un coup de main. Apparemment, nous avons quelques braconniers qui campent dans les environs.

— Ah, vous êtes au courant.

C'était une affirmation et non pas une question.

— Et toi aussi, dit doucement Reid. N'est-ce pas justement pour ça que le Conseil t'a envoyé ici ? Parce qu'ils savaient que ces assassins allaient venir ?

Mateo fixa Reid du regard, puis jeta un coup d'œil vers Boris qui eut un rictus et dit :

— Tu croyais vraiment qu'on n'avait pas fait de recherches sur toi avant ton arrivée ? Ta couverture n'était vraiment pas terrible.

— J'avais pour ordre de ne rien dire.

— Et tu ne l'as pas fait, mais j'ai parlé à ton patron. Ton secret est découvert et maintenant que nous savons tout, qu'allons-nous faire ? Je ne veux pas que l'on fasse du mal à mon clan. Mais je n'ai pas non plus envie que ces bâtards chassent sur notre territoire, dit Reid.

— C'est plus complexe que ça, expliqua Mateo. Parce que ce groupe n'est pas seulement composé de chasseurs humains. Il y a aussi des braconniers à la recherche de trophées de notre espèce qu'ils collectionnent.

— Ce qui veut dire que nous devons quand même lancer un avertissement. Personne ne doit se transformer ni aller dans les bois jusqu'à nouvel ordre.

— Pour combien de temps ? La pleine lune arrive. Les journées sont courtes. Tu ne peux pas t'attendre à ce que tout le monde reste enfermé longtemps, lui rappela Boris.

— Moi je dis on y va la nuit et hop, ils sont victimes d'un accident.

C'était la solution radicale de Gene.

Reid secoua la tête.

— On ne peut pas les tuer. Certains d'entre eux sont innocents, sans parler du fait qu'ils mourraient tous en même temps ? Les gens le remarqueront.

— Et ? Nous devrions peut-être faire passer le message que la chasse c'est mal, dit Boris qui était d'accord avec Gene.

— Ce n'est pas le moment d'attirer l'attention.

— Je crois que c'est déjà trop tard, remarqua Mateo. Partout où vous regardez – dans les journaux, en ligne, sur les réseaux sociaux – des histoires sur notre existence sortent.

— Exactement et pour que nous puissions maintenir la paix, nous ne devons pas être perçus comme des bêtes meurtrières.

— Mais par contre c'est normal qu'ils nous tuent ? dit Gene en se relevant de sa chaise. Je ne vais pas rester assis pendant que ces connards nous chassent comme des trophées.

Après cette annonce, ils se disputèrent, mais en fin de compte, l'alpha eut le dernier mot. Pas de meurtre sans preuve. Cependant, il ordonna à Gene de recruter quelqu'un pour surveiller le groupe à tour de rôle. Boris s'en alla en marmonnant qu'il fallait renforcer les défenses de la ville.

Une fois qu'ils furent partis, Reid jeta un regard vers Mateo et lui dit :

— Quelqu'un doit prévenir Rilee du danger. Il faut qu'elle envisage de déménager en ville pour les prochains mois.

— Ça ne va pas lui plaire, dit Mateo.

— C'est sûr, reconnut Reid.

Mais étant un imbécile, Mateo se porta volontaire pour l'avertir.

HUIT

Elle entendit la motoneige avant de le voir. Il se gara devant chez elle et elle le regarda s'approcher de derrière ses rideaux. Après avoir passé la soirée précédente et une bonne partie de la nuit et de la matinée à penser à lui, se demandant quand elle le reverrait, c'était à la fois exaltant et terrifiant de le revoir en chair et en os.

Elle ne savait pas quoi penser de lui. Audacieux et limite insistant, il pouvait finalement être doux et taquin. Il lui avait fait désirer des choses qu'elle ne pensait plus vouloir. Il lui donnait envie de le désirer, et c'est pourquoi elle ne répondit pas quand il toqua à la porte.

Comme si cela pouvait l'arrêter.

— Sérieusement, Rilee ? Je sais que tu es là.

Les métamorphes savaient toujours.

— Va-t'en, je suis occupée.

— Est-ce que ça aide si je te dis que j'ai apporté une friandise ?

Parlait-il de lui-même ? Elle secoua la tête.

— Pas intéressée.

— Qu'est-ce qui ne va pas, *bella* ? Je croyais qu'on s'entendait bien.

Effectivement, c'était bien ça le problème. Elle avait peur. De lui. De ce qu'il lui faisait ressentir.

Il était temps de mettre sa peur de côté. Elle ouvrit la porte.

— Pourquoi es-tu si têtu ? Tu n'as personne d'autre à harceler ? demanda-t-elle avec une pointe d'exaspération.

— Personne que j'apprécie en tout cas.

Un aveu simple qui la réchauffa de la tête aux pieds.

— Où est cette friandise que tu m'as promise ?

— Tada !

Il lui tendit des pêches en boîte de conserve.

— J'ai exactement les mêmes dans mon placard.

Il les agita et lui fit un beau sourire.

— Et si je te dis que je peux en faire le plus délicieux des gâteaux ?

— Tu n'as pas roulé jusqu'ici pour me faire un dessert.

— Qu'est-ce qui te fait croire ça ? Tu es une excellente compagne de dîner.

— C'est même pas l'heure du déjeuner.

— Je parie que tu es excellente à midi et tout aussi délicieuse en casse-croûte, dit-il en lui faisant un clin d'œil.

Elle rougit.

— J'ai vraiment des choses à faire.

Il regarda autour de lui.

— Oui, j'imagine que le jardinage et l'agriculture prennent du temps en cette période de l'année.

Elle pinça les lèvres.

— C'est le jour du ménage.

— Plutôt celui du déménagement. Félicitations. Tu as gagné une chambre gratuite en ville.

L'expression sur son visage était en adéquation avec son obstination.

— Je ne déménagerai pas de chez moi.

Elle fut sur le point de claquer la porte, mais il coinça son pied dans la fente.

— Tu as oublié de me demander pourquoi tu dois revenir en ville.

— Laisse-moi deviner. C'est dangereux pour une femme de vivre ici toute seule. C'est trop loin, dit-elle en comptant sur ses doigts.

— Effectivement, c'est une sacrée distance, reconnut-il.

Elle leva le menton.

— Si tu trouves que j'habite trop loin, ne viens pas me rendre visite.

— Je n'ai jamais dit que c'était trop loin. Mais ce n'est pas ça le problème. Il y a des braconniers à l'est.

— Et ?

Elle tenta de paraître décontractée alors que la peur lui nouait soudain le ventre.

— Et Reid a ordonné à tout le monde de rester près de la ville et de garder sa forme humaine pour éviter les incidents.

— Pas de métamorphose. OK, c'est compris.

— Ce n'est pas une blague, *bella*. Il faut que tu reviennes. Temporairement du moins, ajouta-t-il rapidement.

— C'est ma maison. Je suis en sécurité ici. Ou bien tu vas maintenant prétendre que ces braconniers tirent sur les gens ?

Mateo pinça les lèvres, et toute expression joviale disparut de son visage.

— Ce ne sont pas des braconniers ordinaires. Ils chassent les métamorphes.

Le nœud dans son estomac se serra un peu plus.

— Ils ne sauront jamais ce que je suis.

— Pourquoi est-ce que tu discutes ? Je sens ta peur d'ici. Tu sais qu'il est dangereux de rester là.

Effectivement. Elle baissa la tête et soupira.

— Je déteste ce motel. Les chambres sont comme des prisons.

— Prends la chambre à côté de la mienne et nous laisserons la porte ouverte, pour que ça ressemble plus à un grand bungalow.

Elle fronça le nez.

— Ça n'aide pas.

— Et si je te promets que je transformerai cette boîte de conserve de pêche en un gâteau renversé qui te fera frissonner de plaisir ?

Les yeux rivés sur sa bouche, elle avait envie de lui demander un autre genre de friandise. Il la surprit en train de le regarder et lui fit un clin d'œil. Elle rougit et détourna le regard.

— OK, je veux bien retourner en ville avec toi, mais pas sans mes affaires. Je vais faire mes valises pendant que tu pars chercher la remorque.

— Ça va prendre trop de temps. On n'a qu'à attacher un sac à l'arrière.

Elle secoua la tête.

— Ça ne me suffira que pour quelques jours et j'ai le sentiment que tu parles plutôt d'une semaine ou plus.

Elle pourrait voir Mateo tous les jours.

— Viens avec moi pour le trajet.

— Ne sois pas idiot. Il faut que je réunisse toutes mes affaires. D'ailleurs, tu n'as qu'à prendre mes boîtes de conserve avec toi pour qu'elles ne gèlent pas une fois que le poêle à bois sera éteint.

Elle l'aida à transporter quelques caisses qu'ils fixèrent à l'arrière du traîneau. Il la regarda d'un air appuyé avant de lui dire :

— Je serai de retour d'ici une heure avec la remorque. Sois prête.

Elle acquiesça et écouta le moteur s'éloigner puis se remit au travail, remplissant un sac de ses vêtements et affaires personnelles. Ensuite, elle remplit une boîte de quelques livres ainsi qu'une deuxième avec de la nourriture qui ne survivrait pas au gel.

Pendant ce temps, le ciel s'assombrissait alors que les nuages s'accumulaient sous l'effet de vents violents et de rafales. De gros flocons de neige commencèrent à tomber alors qu'elle terminait de fermer le chalet, tirant les stores et faisant son lit. Puis, elle s'assit et attendit. Elle finit par s'endormir, ce qui expliquait peut-être pourquoi elle n'entendit pas Mateo revenir, mais seulement un coup ferme sur la porte.

À moitié réveillée, elle se précipita vers la porte et l'ouvrit, momentanément aveuglée par la neige qui s'était infiltrée. Celle-ci se colla sur ces cils et elle cligna des yeux.

Puis elle tressaillit devant ce visage couvert d'une cagoule. Totalement surprise par l'apparence de l'inconnu, quand elle remarqua son arme, il était déjà trop tard.

NEUF

La neige commença à tomber peu après que Mateo eut accroché le traîneau à la motoneige. Il avait bien perdu quarante-cinq minutes à l'attendre plutôt que de prendre la nacelle qui était bien plus petite. Le traîneau avait des bords assez hauts et une bâche par-dessus qui protègerait les affaires de Rilee. Il perdit encore quelques minutes de plus en chargeant des fournitures d'urgence, inquiété par l'aspect du ciel.

Boris arriva alors qu'il terminait de remplir le réservoir d'essence.

— La météo va se dégrader. Tu ferais mieux d'attendre.

— Rilee est toute seule là-bas.

— Bien au chaud dans sa cabane. Ça ira. Toi, en revanche...

Boris le regarda de haut en bas et Mateo comprit clairement ce qu'il pensait d'un gars de la ville comme lui.

L'homme-élan n'avait pas totalement tort. Mateo n'avait pas beaucoup travaillé dans le Grand Nord en hiver. Ajoutez à cela une tempête et la situation pouvait clairement devenir dangereuse. Cependant, le malaise qui persistait en lui l'empêchait de rester assis en sécurité au motel en attendant que le vent violent se calme.

— Il faut que j'y aille. J'ai des provisions dans le traîneau juste au cas où.

Des rations, un sac de couchage et dans sa poche, un gâteau aux fruits, offert par sa mère.

Boris lui lança un regard appuyé, puis lui donna une accolade.

— Si jamais tu te retournes avec la motoneige, creuse un trou et planque-toi en attendant que le pire soit passé.

Il ne ferait rien du tout tant qu'il n'aurait pas retrouvé Rilee.

La visibilité était loin d'être la meilleure, l'orage et la courte lumière du jour qui s'estompait accentuaient l'obscurité dehors, et il faisait encore plus sombre dans la forêt. Le faisceau de son phare était la seule lumière qui éclairait son chemin, mouchetée par la neige qui tombait. Les flocons qui se multipliaient rapidement s'épaissirent jusqu'à ce qu'il ne voie plus rien, signe qu'il devait ralentir s'il ne voulait pas se prendre un arbre. Il survivrait probablement, mais cela ferait putain de mal.

Le malaise qu'il avait commencé à ressentir en ville s'accentua lorsqu'il réalisa qu'il ne savait plus s'il allait dans la bonne direction. Ralentissant sa motoneige, il mit un moment à retrousser sa manche et à regarder sa montre. Le GPS intégré lui indiquerait sa position sur la carte. Si le satellite parvenait à lire le signal.

Derrière ses lunettes de protection, il leva les yeux vers le ciel lourdement orageux. Il n'arrivait pas à distinguer le nord du sud. Et il n'y avait également plus aucun signe d'un chemin. Cela faisait plus de vingt minutes qu'il était parti. Avait-il dépassé la cabane de Rilee ? Merde, pour ce qu'il en savait, elle n'était peut-être qu'à quelques centimètres. Il commençait à se demander s'il n'allait pas devoir suivre le conseil de Boris et se terrer sous un tas de neige, quand il l'entendit soudain, même par-dessus le vrombissement du moteur.

Un craquement aigu.

Un coup de feu !

À ce moment-là, il ne réfléchit plus. Il fit basculer la motoneige et sauta par terre. Après avoir fait deux pas, il réalisa que la neige le ralentirait.

Il enleva ses vêtements et les rangea rapidement sous la bâche du traîneau. Il frissonna, et le temps qu'il se transforme, ses couilles s'étaient recroquevillées.

La douleur de la transformation le fit se cambrer, mais pas hurler, car il avait déjà fait ça tellement de fois. Il savait ce qui arrivait après l'agonie : l'euphorie.

Même si Mateo appréciait les plaisirs que lui procurait le fait d'être sur ses deux jambes et fait de chair, en étant sous la forme de son tigre, tout était plus simple. C'était plus primitif et pourtant d'autant plus agréable pour lui. La neige n'était plus un obstacle, car ses pattes étaient faites pour ce genre de climat. Les tigres de l'amour n'étaient pas seulement connus pour être les plus grands félins, ils avaient des crinières plus utiles et plus chaudes que celles des lions, ils avaient de nombreux poils autour des pattes et la capacité de voir dans le noir, ce qui faisait d'eux d'excellents chasseurs.

Qui avait besoin d'un GPS quand l'instinct ne lui avait jamais fait défaut ?

Même s'il n'avait pas entendu de deuxième coup de feu, le bruit d'un moteur grondait au loin. Il accéléra le rythme et ne ralentit que lorsqu'il aperçut des lumières parmi la neige qui tombait et les branches. Il était temps de monter plus haut.

Il escalada un arbre et s'étala sur une branche épaisse pour ensuite tendre le cou jusqu'à ce qu'il aperçoive la cabane de Rilee. La porte d'entrée s'ouvrit en grand. Un homme se tenait dans l'embrasure de celle-ci, vêtu d'une tenue de camouflage pour la neige, ses traits dissimulés par une cagoule. Il fit signe à ses compagnons également cagoulés et cria par-dessus le grondement des motoneiges garées devant. L'une d'entre elles était rattachée à une remorque couverte. Assez grande pour accueillir un corps ? Il n'en était pas sûr. Ou bien Rilee était-elle toujours chez elle ?

Deux des gars enfilèrent des casques sombres sur leurs têtes avant de sauter sur la motoneige avec la remorque. Ils firent demi-tour dans la clairière près de chez elle, se préparant à partir. Le gars qui restait s'avança vers l'autre motoneige.

Un homme plus stupide se serait précipité. Mais lui était malin et avait remarqué les armes que portaient les trois hommes. Deux armes de poing. Un fusil. Et un autre fusil attaché à un véhicule. Trois contre un et une femme à protéger.

Il y avait pire comme circonstances. Retombant par terre, il commença à se faufiler entre les arbres, se déplaçant vers un angle qui permettrait d'intercepter la motoneige en mouvement.

Ce fut plus la sensation que lui procura le *frrr* qui suivit plutôt que le son qui attira son attention. Malgré la neige qui tombait et les arbres dans son champ de vision, il vit son chalet prendre feu.

Le besoin urgent de se précipiter et d'aller vérifier l'intérieur le frappa de plein fouet. Et s'il se trompait et qu'elle n'était pas dans la remorque ?

S'il avait merdé, il était déjà trop tard. Il pria pour que ses tripes ne l'induisent pas en erreur.

Par ce temps, les motoneiges ne pouvaient pas aller très vite et cela joua en sa faveur. Il parvint à prendre de l'avance et laissa le premier véhicule, avec son pilote solitaire, le dépasser et attendit celui qui transportait la remorque.

Depuis sa cachette, il chronométra son saut et assomma le conducteur. Mais il ne parvint pas à stopper les cris de son acolyte. Il dut agir vite. Il sauta dans la neige et atterrit sur le conducteur. Ayant pris l'homme par surprise, il n'avait pas le temps de sortir son arme ni de plaisanter.

Le casque ne lui facilita pas la tâche, mais un humain ne faisait pas le poids face à un tigre.

Crack. La première menace cessa de bouger, mais la seconde eut le temps de s'armer. *Bang. Bang.* Le coup de feu lui entailla l'épaule lorsque la balle le frôla de trop près.

— Grrr !

Le coup de feu suivant partit dans tous les sens, car l'homme paniquait, mais pire que ça, il attirait surtout l'attention. Il ne faudrait pas longtemps avant que l'autre conducteur ne vienne l'aider.

La neige aida Mateo à se cacher, la poudre blanche s'accrochait à sa fourrure et ses moustaches, le dissimulant totalement jusqu'à ce qu'il bondisse. Le pistolet n'était plus.

À ce moment-là, il eut deux options. Soit sauter tout nu sur la motoneige et rouler jusqu'à ce que Rilee et lui soient en sécurité, en pleine tempête. Gelant et écrasant probablement plusieurs parties de son corps qui lui étaient chères.

Ou bien, il pouvait faire quelque chose d'inattendu. Il saisit la clé sur la motoneige avec ses crocs et l'éteignit, les plongeant dans l'obscurité la plus totale. Ils seraient alors plus difficiles à repérer.

La sangle de la remorque céda lorsqu'il la saisit avec ses dents.

Il retourna la bâche et si un tigre avait pu soupirer de soulagement, il l'aurait fait, car il aperçut Rilee à l'intérieur, enroulée dans une couverture.

Il entendit une voix et jeta un coup d'œil vers le corps de plus en plus enseveli par la neige. Le casque parlait dans le vide et n'obtenait aucune réponse. Il renifla Rilee, cherchant à la réveiller.

Elle grogna dans son sommeil.

— Grrr.

Il essaya de la réveiller, mais elle ne bougea pas.

Merde.

Il entendit le bourdonnement de l'autre motoneige. Il ne pouvait pas rester dans les parages. Il allait finir par faire froid, putain. Malgré le danger pour ses parties intimes, il se métamorphosa. Il prit la couverture dans laquelle elle était enroulée et l'emmaillota autour de ses épaules nues avant de la prendre dans ses bras et de la serrer contre lui. Puis, il se mit en route. La direction était moins importante que le fait de s'éloigner de l'ennemi. La bonne nouvelle, c'était que la neige couvrirait ses pas. Mais en même temps, il laissait l'ennemi derrière eux.

Un connard qui avait essayé de capturer Rilee.

Il n'alla pas bien loin. Il n'eut pas à le faire grâce à un bosquet sur sa route. La précédente chute de neige avait partiellement fondu et avait ensuite gelé, soudant les branches du haut. Une fois qu'il se fut faufilé au milieu, en brisant une tonne de petites branches, il parvint à fabriquer un petit nid temporaire, sur lequel il déposa Rilee. Puis il enroula la couverture autour d'elle.

Ensuite, portant à nouveau sa fourrure, il partit chasser.

DIX

Elle frissonna. Froid. Elle avait toujours si froid. Qu'il soit finalement revenu pour la narguer n'arrangeait rien.

Cela faisait plusieurs jours qu'elle n'avait pas eu à supporter sa torture. Quel soulagement. Même si elle détestait sa cage, celle-ci lui procurait une forme de sécurité contre les coups de pied et de poing. Les brûlures de cigarette. Toutes ces choses qu'il faisait pour la forcer à faire ce qu'il voulait.

Il rageait, car elle ne voulait pas se transformer pour lui. Il avait suffi d'une fois, une foutue fois pour réaliser à quel point c'était une erreur. Elle avait cédé, apparaissant sous sa forme humaine, accroupie dans cette cage, nue et s'accrochant aux barreaux, le suppliant.

— Pitié, laissez-moi partir.

Il lui avait alors répondu :

— Alors c'est vrai. Est-ce que tu réalises le trophée que tu représentes ?

Ce type qu'elle connaissait sous le nom de Shayne se tenait à nouveau devant sa cage, les doigts dans les poches pour une fois et non pas en train de la titiller. Apparemment, il avait retenu la leçon depuis qu'il avait eu besoin de dix-sept points de suture pour recoudre son entaille. Elle aussi avait appris la leçon avec les dix-sept coups de fouet qu'elle avait reçus en retour, administrés à l'aide d'une cravache aux fils d'argent.

Le fouet était accroché au mur derrière lui, tout comme les autres outils qui pouvaient lui infliger de la douleur.

Ce que Shayne n'avait toujours pas compris, c'était qu'elle préférait la douleur en refusant d'exaucer ses vœux plutôt que son apathie si elle cédait. Elle ne le laisserait jamais gagner. Elle ne lui donnerait jamais ce qu'il voulait.

Des bébés métamorphes. Les leurs. Il avait découvert à son grand désarroi que la fécondation in vitro avec du sperme humain ne fonctionnerait pas tant qu'elle serait sous sa forme de lynx. Donc tant qu'elle restait un animal, il ne pourrait rien y faire.

— Je vois que tu préfères toujours être une bête en cage, remarqua-t-il comme si elle avait choisi d'être prisonnière. Combien de temps encore vas-tu être aussi têtue ? Avant ça ne te dérangeait pas trop que je te touche.

Ça, c'était avant qu'elle ne découvre qu'il était un monstre. Avant les trahisons. Même le nom sous lequel elle le connaissait était faux. Elle montra les crocs.

— Toujours aussi féroce. Content de voir ça, car j'ai une offre pour toi.

Comme si elle allait accepter n'importe quel marché. Elle grogna.

Il rit.

— *Pas ce genre d'offre. Quelqu'un te veut. Désespérément. Même plus que moi. Et ils sont prêts à payer pour ça. Et puis contrairement à moi, cette histoire de baise entre animaux ne les dérange pas vraiment. Sans compter qu'il a déjà un beau mâle lynx pour toi. J'ai entendu dire qu'il espérait une portée entière de chatons. Tu vas devenir mère. Qu'est-ce que tu en dis ?*

Elle se jeta contre les barreaux de la cage pour finalement glapir. L'électricité qui les traversait l'envoya valser sur le sol sale.

— Rilee. Rilee. Rilee, la cajola Shayne, s'agenouillant pour qu'il puisse jubiler devant elle. Tu aurais dû être plus gentille avec moi. Même si ça n'a plus vraiment d'importance. Tu as eu ta chance. Mon ami m'a promis que je pourrais choisir un chaton de la première portée. Je pense que j'aimerais bien une fille. Une que je rendrai obéissante.

Si elle avait eu quelque chose dans le ventre, elle aurait pu vomir. Mais cela faisait des jours qu'elle n'avait pas mangé et le lendemain matin, elle fut inconsciente dans sa cage. Ses gardiens étaient consternés. Personne n'avait envie d'être celui qui annoncerait au patron que son précieux lynx était mort.

Cela les rendit moins prudents que d'habitude. Moins prudents lorsqu'ils ouvrirent la porte de sa cage pour vérifier qu'elle était en vie.

Elle trancha la jugulaire du premier, le tuant efficacement avant qu'ils ne réalisent qu'elle avait feint son évanouissement. Le temps que l'un d'eux coure pour donner l'alarme, elle était sortie de sa cage et bondit.

Elle avait eu le temps de planifier comment elle allait

s'échapper, car elle savait qu'elle n'aurait qu'une seule chance.

Une chance de survivre, c'est pourquoi elle n'écouta pas les cris, ferma les yeux face au sang. La blessure infligée par cette balle qui la frôla alors qu'elle escaladait le portail de son domaine finit par guérir.

Mais l'anxiété ne l'avait jamais quitté.

Car elle avait toujours eu peur qu'un jour elle ouvre la porte et qu'il soit là.

Attendant de la ramener.

Et voilà qu'il était là. La menaçant. Riant.

— Je suis de retour, Rilee.

— Non ! murmura-t-elle du bout des lèvres alors qu'elle se réveillait soudainement, toujours prisonnière de son cauchemar où elle ouvrait la porte de sa cabane et tombait nez à nez avec ces yeux. Des yeux qu'elle n'oublierait jamais.

Sa plus grande peur s'était réalisée.

Shayne l'avait retrouvée.

Et l'idée même la paralysa.

Elle resta immobile afin d'évaluer la situation. Elle n'était pas dans son lit et pourtant elle se sentait bien au chaud. Une couverture la recouvrait.

C'était sa couverture réalisa-t-elle soudain dans la faible lumière grise et pourtant, la source de chaleur provenait de ce corps recouvert de fourrure qui se trouvait calé contre elle.

Sa respiration s'accéléra.

Puis elle se figea totalement quand la bête souffla contre elle. Alors que son cœur ralentissait sa course, elle réussit à passer outre la panique pour réaliser qui était ce félin géant à côté d'elle.

— Mateo ?

Il souffla et elle se déplaça pour distinguer dans la pénombre cet énorme tigre qui l'empêchait de sentir le froid. Beau en tant qu'homme, il était encore plus incroyable sous sa forme de félin. Et il était de taille impressionnante.

— Comment est-ce possible ? Que s'est-il passé ?

Elle lutta pour se relever et finit par faire de l'hyperventilation quand elle réalisa qu'ils se trouvaient dans une sorte de boîte étroite. Les murs se resserrèrent sur elle. L'enfermant. La piégeant.

Je suis dans un cercueil enterrée vivante !

— Chut. Bella.

Sa voix l'enveloppa, stable et rassurante. La fourrure avait disparu, ne laissant plus que de la chair.

— Où sommes-nous ? Est-ce qu'on est morts ? dit-elle alors que sa voix vacillait.

— J'ai l'air mort pour toi ? répondit-il sèchement.

Toujours aussi sexy en chair et en os.

— On reste à l'abri dans le traîneau. La tempête est trop violente pour que je nous reconduise en ville.

Effectivement, elle pouvait l'entendre siffler dehors.

— Que s'est-il passé ?

— À toi de me le dire.

Expliquer comment elle avait bêtement ouvert la porte à l'ennemi. Comment elle avait été prise par surprise. Elle aurait dû se réveiller dans une cage. Ce qui voulait forcément dire que...

— Tu es venu me sauver.

— Je viendrai toujours te sauver, bella.

Son soulagement s'exprima par ses larmes et elle enfouit son visage contre son torse, le corps tremblant de peur. Il la serra dans ses bras et lui fit un câlin, lui murmurant des choses rassurantes.

Lentement, la panique se dissipa et elle parvint à respirer profondément.

— Ça va mieux, maintenant, parvint-elle à murmurer.

— Moi non, avoua-t-il. Je n'aurais jamais dû te laisser seule, admit-il d'un air coupable.

— Tu ne pouvais pas savoir. Mais moi oui. Je savais qu'un jour il reviendrait me chercher.

Pendant un instant, il se raidit.

— Le kidnapping était ciblé ?

Elle acquiesça avant de dire doucement :

— Il m'a retrouvée.

— L'homme qui t'a retenue prisonnière, déclara-t-il, car évidemment on lui avait raconté. Ce n'était pas comme si son calvaire était un secret.

— J'aurais dû savoir que je ne serais jamais en sécurité.

— Je t'interdis de penser ça. Ne t'inquiète pas, ces connards ne viendront plus jamais te chercher.

Sa véhémence l'enveloppa. Puis, d'un ton plus inquiétant, il lui dit :

— Je m'en suis occupé.

Il ne dit pas qu'il les avait tués. Il n'en eut pas besoin. Cette révélation aurait dû la faire fuir, l'éloigner de ses bras violents, mais à la place, elle sourit.

— Mon héros, dit-elle en se déplaçant pour voir son visage dans la pénombre. Merci.

Il la fixa du regard, son expression neutre, essayant de contenir ses émotions et il dit d'une voix nouée :

— De rien. Tu veux du gâteau aux fruits ?

Il s'avéra qu'il était venu en étant préparé. Sous la bâche, avec le vent qui sifflait dehors, ils mangèrent des snacks sous vide accompagnés du gâteau aux fruits de sa mère, fruité et aux noix. Elle était bien au chaud dans la remorque et les parois étaient assez hautes pour qu'ils puissent bouger un peu, surtout une fois que Mateo s'assit, sa tête repoussant la bâche et soulevant le plafond. Il avait réussi à s'habiller avec les vêtements qu'il avait eu la prévoyance de glisser dans la remorque.

— Combien de temps allons-nous devoir rester ici ? demanda-t-elle.

— Est-ce que tu sais comment te rendre en ville sous la tempête ?

Elle secoua la tête.

— Alors j'imagine qu'on va devoir attendre que ça se calme.

— Et faire quoi ? demanda-t-elle.

Parler, apparemment. Il lui raconta d'autres histoires de son enfance. Il lui expliqua même que son père était mort dans l'exercice de ses fonctions.

— C'était un bon flic. Et un super papa, dit-il d'une voix sombre. Ma mère a été anéantie quand il est mort.

— C'est pour ça que vous êtes très proches.

— Ouais, dit-il en haussant les épaules. Je suis tout ce qu'elle a. Tu sais comment c'est.

Non, elle ne le savait pas, mais comme il venait de tout lui déballer, il était temps qu'elle fasse de même.

— Je n'ai jamais connu mon père. Ma mère n'était pas du genre à rester avec un seul gars. L'herbe était toujours plus verte ailleurs, etc. Elle n'était pas non plus du genre à vouloir s'occuper d'un enfant. Ça l'étouffait.

Il fronça les sourcils.

— Pourtant, les enfants sont une bénédiction.

— Sauf si ton petit ami se met à reluquer ta fille et que tu commences à te sentir vieille. Alors je suppose que c'est normal qu'elle se soit mise à vendre ses secrets.

Elle se tut, mais c'était trop tard.

— Ta mère a dit à quelqu'un ce que tu étais ? dit-il d'un air choqué.

— Elle n'a jamais compris pourquoi j'étais différente. Pour elle, j'étais un monstre. Je croyais qu'il y avait quelque chose qui n'allait pas chez moi jusqu'à ce que j'en rencontre d'autres.

— Je suis désolé que tu aies eu une enfance de merde, dit-il d'une voix triste. Tu mérites mieux, *bella*.

— C'est un peu de ma faute, je n'aurais pas dû rester dans les parages, dit-elle avec un rire amer. Je veux dire, je savais qu'elle me détestait ; je ne savais juste pas à quel point.

Jusqu'à ce qu'elle se réveille dans cette cage et que Shayne, un gars avec qui elle était brièvement sortie, mais qui s'était avéré trop violent – sans parler du fait qu'elle ne supportait pas qu'il soit fier de braconner – se vante que sa mère lui ait vendu des informations, lui révélant ce qu'elle était. Une mère qui avait trahi sa fille pour pouvoir s'acheter de la drogue.

— Tu es sûr qu'il est mort ? demanda-t-elle, ayant soudain désespérément besoin d'être rassurée.

Ouvrir cette porte, voir *son* visage... elle trembla. Il fallait qu'elle soit sûre que le cauchemar était enfin terminé.

— Après avoir tué les deux gars qui t'embarquaient, je suis parti chasser le troisième. Ils ne reviendront pas.

Trois personnes mortes à cause d'elle. L'une d'entre elles était forcément Shayne. Quant aux deux autres... Ils auraient dû faire de meilleurs choix.

Elle lâcha un soupir en frémissant. Il n'était plus là.

Elle n'avait plus à avoir peur. Et elle pouvait remercier Mateo pour ça. Ce n'était pas le bon moment. Ni l'endroit. Mais elle prit quand même ses joues dans ses mains et l'embrassa. Doucement. Craignant que la panique ne s'accentue et ne l'écrase.

Mais comme ce ne fut pas le cas, elle l'embrassa encore et encore, de doux baisers qui se transformèrent en étreinte profonde. Il l'attira sur ses genoux et malgré ses nombreuses couches de vêtements, elle sentit son érection. Mais la chose la plus surprenante et la plus bienvenue de toutes, c'était le désir.

Elle se tortilla alors qu'elle cherchait à le chevaucher, soudain impatiente. Il gémit contre sa bouche alors que sa langue chaude glissait contre la sienne.

— Il faudrait vraiment que l'on réfléchisse à comment retourner en ville.

— Plus tard, murmura-t-elle.

Hier soir, elle s'était retrouvée face à son pire cauchemar et c'est cette révélation qui lui fit prendre conscience qu'elle avait vécu – non, qu'elle avait existé – dans un état de peur, en attendant que ce jour arrive.

Elle avait gâché sa vie. Elle avait raté tellement de choses, comme le plaisir que l'on pouvait avoir avec un homme.

— Touche-moi, demanda-t-elle.

— Tu es sûre ? marmonna-t-il contre ses lèvres.

— Oui, je crois, dit-elle pour finalement ajouter fermement : oui.

Les doigts de Mateo trouvèrent le contour de son pull et se glissèrent en dessous, tirant sur son maillot thermique avant de trouver sa chair douce.

Elle frissonna, non pas de froid, mais face à la sensation que lui procuraient ses doigts plus rugueux qui lui frottaient la peau. La touchaient. Elle se pencha en arrière pour qu'il puisse tirer sa chemise vers le haut, dévoilant ses seins.

Quand il s'arrêta, elle saisit sa tête et l'attira vers son téton dur.

Il n'eut pas besoin de plus d'invitation de sa part. Il le prit dans sa bouche et suça, sa chaleur lui faisant lâcher un gémissement.

Ses mains prirent ses seins les poussant l'un contre l'autre pendant qu'il leur accordait toute son attention, la faisant haleter et gémir. Quand il laissa ses doigts se promener, elle l'aida en se mettant à genoux pour qu'il puisse déboutonner son pantalon et glisser sa main à l'intérieur pour prendre son sexe.

— J'ai envie de te goûter, la supplia-t-il en murmurant contre sa chair.

Ce n'était pas la chose la plus facile à faire dans leur

remorque avec sa couverture et sa bâche, mais elle parvint à s'allonger. Il tira son pantalon vers le bas, assez pour qu'il puisse atteindre ce trésor entre ses cuisses.

Dès le premier coup de langue, elle se cambra. Au bout du deuxième et du troisième, elle se tortillait. Sa langue était légèrement rugueuse, ce qui la rendait folle. Et quand il enfonça deux doigts en elle, elle chevaucha sa main, elle la chevaucha jusqu'à ce qu'elle jouisse, gémissant et criant face à ce plaisir inattendu.

Elle tendit la main vers lui, essayant de l'attirer plus près.

— J'ai besoin de toi.

— Plus tard, murmura-t-il contre elle, la léchant et la caressant encore jusqu'à ce qu'elle jouisse à nouveau, encore plus fort.

Quand elle retrouva enfin son souffle, elle fut dans ses bras, alors qu'il...

— Tu ronronnes ?

— Ouaip.

— Mais les grands félins ne ronronnent pas.

— Ce tigre, si. Mais seulement quand c'est la bonne, ajouta-t-il, en la serrant un peu plus.

— La tempête ne semble pas se calmer. Au lieu de passer une autre nuit dans le traîneau, on devrait peut-être essayer de retrouver ma maison. On pourra allumer un feu dans le poêle et toi tu pourras me faire ton gâteau aux pêches que tu m'as promis, suggéra-t-elle alors que son estomac grondait.

Il se raidit, et dit d'une voix grave :

— Nous ne pouvons pas, bella. Ta maison n'est plus là. Ils y ont mis le feu avant de partir.

— Plus là ? murmura-t-elle.

Et ses affaires ? Ses livres ? Ses vêtements ? Pendant un instant, elle faillit pleurer, puis elle se souvint de l'essentiel.

Elle était en vie. Ce ne serait pas la première fois qu'elle prendrait un nouveau départ.

— J'imagine que je ferais mieux d'espérer qu'ils aient toujours cette chambre de disponible pour moi au motel.

— Ou tu pourrais rester avec moi.

ONZE

Trop. Trop tôt. Il aurait dû fermer sa bouche. Un brin de panique se lut dans les yeux de Rilee. Comme il ne savait pas comment le contrer, il l'embrassa.

Et continua de l'embrasser. Mais au lieu de lui faire à nouveau l'amour, il la tint serrée contre lui, écoutant le vent alors que celui-ci se calmait cette nuit-là.

Quand le ciel fut enfin dégagé, son GPS s'activa et il reçut une avalanche de SMS.

Sa mère lui avait laissé des messages d'une voix stridente.

Rilee qui était à moitié endormie lui dit :

— Elle doit être en train de flipper. Cela fait deux soirs de suite que tu ne l'as pas appelée.

À vrai dire, le plus inquiétant, c'était le manque de messages depuis hier après-midi. Il envoya un SMS rapide à sa mère qui disait simplement : « En vie. Occupé. Je t'appelle quand je peux. ». Il envoya ensuite à Reid : « J'ai Rilee. La neige s'est arrêtée. On va voir si la motoneige marche toujours. Problème.

Il n'attendit pas sa réponse. Il était temps pour eux de partir. Mais pas avant d'avoir à nouveau embrassé Rilee.

Elle baissa la tête.

— J'imagine qu'il est temps de retourner dans le monde réel.

Était-elle aussi réticente que lui ? Une fois qu'ils seraient rentrés, il savait qu'ils n'auraient pas beaucoup de temps ensemble, car l'attaque avait tout changé. Cependant, il ne dit rien de tout ça à Rilee, parce qu'après ce moment d'intimité qu'ils avaient partagé, ce n'était pas ainsi qu'il voulait commencer la journée. Ils se frayèrent un chemin hors de la remorque couverte.

Le monde de l'autre côté restait majoritairement sombre, l'aube ne faisant que commencer, ce qui voulait dire que la matinée était déjà bien avancée. Il avait dormi plus longtemps que prévu.

La neige fraîche avait tout recouvert, notamment la motoneige qui était presque enterrée. La remorque dans laquelle ils avaient trouvé refuge était également recouverte, ce qui les avait protégés du froid, mais ne leur permettrait pas de partir facilement.

Quand le fait de creuser ne fit que l'enfoncer encore plus, il dut admettre sa défaite.

— Nous allons devoir marcher.

Il paraissait si contrarié ! Elle posa la main sur son bras.

— C'est pas grave. Habillons-nous.

Au moins, ses ravisseurs l'avaient habillée en fonction de la météo, car elle avait des bottes et un manteau, mais pas de pantalon isolant.

Il avait un équipement complet, mais aucun d'eux

n'avait de raquettes. À chaque pas qu'ils faisaient, ils s'enfonçaient. Parfois jusqu'aux cuisses.

Elle grogna :

— Ça va nous prendre une éternité.

— Je vais envoyer un autre message à Reid.

Elle soupira.

— Non, s'il te plaît. Après je vais devoir l'écouter me sermonner sur le fait qu'il m'avait prévenue que je prenais un risque en vivant ici.

— Alors je suppose qu'il ne nous reste plus qu'une seule chose à faire. Voyons voir ce fameux lynx ! dit-il en lui lançant un peu de neige.

La seule vraie solution, sauf qu'il y avait un problème...

— Je déteste me transformer dans la neige, grommela-t-elle en se déshabillant.

Lui en revanche, apprécia le spectacle. Dans l'espace confiné de la remorque, il avait à peine réussi à la voir et il n'eut que des aperçus très rapides avant qu'elle ne se transforme en son félin. Le temps qu'elle termine de se transformer, il avait lui aussi perdu ses vêtements et reniflait désormais le joli lynx avec ses couleurs grises et blanches, sa fourrure aussi épaisse, peut-être même encore plus épaisse que la sienne. Sa queue était une petite chose courte et vive. Elle lâcha un petit cri enjoué avant de s'élancer.

C'était parti !

Ils coururent à travers les arbres, le silence n'étant rompu que par le bruit des branches qui craquaient sous le poids de la neige et par le claquement occasionnel de celle-ci qui tombait par blocs. L'air vif et sec leur revigorait les poumons, mais fut bientôt éclipsé par l'odeur du brûlé. Apparemment, il avait dépassé sa destination la nuit dernière. Le lynx jeta un coup d'œil à ce qu'il restait du chalet avant de s'élancer à nouveau et comme elle connaissait les bois mieux que lui, il la suivit.

À l'extérieur de la ville, ils croisèrent Boris qui patrouillait en périphérie, assis sur une motoneige, un fusil sur les genoux.

Il leur jeta un regard et dit :

— Ah merde. Qu'est-ce qu'il s'est passé ?

Étant donné qu'ils étaient tous les deux des félins ils répondirent par :

— Grrr. Miaou.

Boris grogna.

— Aucune idée de ce que ça veut dire. Je vais vous donner des pantalons et vous emmener au bureau de Reid. Vous pourrez emprunter les affaires de Jan, proposa-t-il.

Sauf que Rilee secoua la tête, se rapprocha de Mateo et Boris leva les sourcils.

— Oh. Dans ce cas, trouvez une solution, mais faites vite. Je peux vous donner une demi-heure, mais ne mettez pas plus longtemps, sinon ça pourrait mal tourner.

Une réponse assez énigmatique. Courant dans la rue récemment déneigée, Mateo les conduisit jusqu'au motel où il dut changer de forme et passer une seconde nu dehors pour ouvrir la porte de sa chambre d'hôtel. Il ne la fermait jamais. Que pourraient-ils bien voler ?

Elle entra et se transforma, la tête baissée comme si elle était soudain timide. Il n'allait pas la laisser s'éloigner de lui, pas après les progrès qu'ils avaient faits. Il ferma la porte derrière lui.

— Allez, viens, on va te faire prendre une bonne douche chaude.

— Oh, ça a l'air divin ! dit-elle alors que son visage s'éclaircissait.

— Il faut que je te demande, tu faisais comment pour te laver dans ta cabane ?

— En été il y a un lac non loin. Mais en hiver, je fais fondre la neige dans une baignoire et je me lave surtout à l'éponge. Sauf quand je viens en ville. Là, je me douche chez Jan et Boris.

Ouvrant les robinets, il recula le temps que l'eau se réchauffe. Puis, il céda à la tentation et lui saisit les fesses. Elle le regarda par-dessus son épaule.

— Tu vérifies qu'elles soient assez mûres ?
— Elles sont trop parfaites pour y résister.
— Menteur.
— Comment ça ?
— Je sais bien que j'ai un gros fessier.
— Moi je trouve que ton cul est parfait.
— Il est trop large.
— Il est parfait, dit-il en le serrant à nouveau. Si tu savais le nombre de fois où je t'ai imaginée penchée en avant avec ce cul parfait en l'air, tu ne discuterais même pas.

Elle ne discuta pas et l'odeur de son excitation emplit l'espace clos. Ses paupières se fermèrent à moitié et elle se lécha les lèvres. Elle n'était pas réfractaire aux compliments. C'était bon à savoir.

Lorsque l'eau, pas tout à fait chaude, mais au moins

tiède, coula, il entra dans la douche et lui tendit la main pour l'inviter.

— Je ne suis pas sûre qu'il y ait assez de place.
— Viens-là, *bella*.

Elle le rejoignit dans l'espace étroit, l'eau les heurta, essayant de trouver un chemin entre leurs corps serrés.

Le savon était suspendu à une corde et il le fit mousser dans ses mains avant de promener celles-ci sur son corps voluptueux. Un gros cul, tu parles. Elle était peut-être petite, mais elle avait une silhouette en forme de sablier qui faisait très femme. Sa femme.

Elle ne l'avait peut-être pas encore dit à voix haute, mais le simple fait qu'elle se tienne là dans cette douche avec lui était tout ce dont il avait besoin.

Le contact de sa peau douce et soyeuse le taquinait. Le faisait bander. Il la retourna pour qu'elle soit dos à lui et promena ses mains savonneuses sur ses seins, roulant ses tétons jusqu'à ce qu'ils se plissent et durcissent. Il les tira et la fit gémir. Elle pencha la tête en arrière, s'appuyant contre lui, les yeux fermés, les lèvres écartées.

Mais le plus sexy dans tout ça ? C'était la façon dont elle lui faisait confiance.

Il glissa une main entre ses cuisses pour caresser ses plis lisses et la trouva déjà mouillée. Elle se retourna. Il se mit à genoux, le visage au niveau de ses poils pubiens. Jetant un regard vers le haut, il vit qu'elle baissait les yeux vers lui, le regard plein de désir. L'excitation le traversait de toute part.

— Tu es tellement belle, putain, bella.
— Montre-moi, murmura-t-elle d'une voix rauque.

Cela suffit presque à le faire jouir. Écartant ses

cuisses et en soulevant une pour la poser sur son épaule, lui donnant ainsi un meilleur accès, il enfouit son visage dans son sexe. Enveloppé de son odeur féminine. Torride et appétissante.

Il écarta ses lèvres inférieures avec sa langue et goûta sa douceur. Il la lapa, des petits coups de langue rapides contre elle qui la firent balancer les hanches, mais c'est quand il aspira son clitoris du bout des lèvres qu'elle cria.

Elle lui tenait la tête, ses doigts s'enfonçant dans son cuir chevelu. Une emprise douloureuse qui ne faisait qu'accentuer son excitation.

Il agrippa son cul pour la tenir en place alors qu'elle tremblait à chaque caresse et succion. Alors que ses cris se transformaient en miaulements haletants, il sut qu'elle était sur le point de jouir et il grogna contre elle, une douce vibration qui la fit frissonner de toute part.

La mienne. Tout à moi.

Il n'avait aucun doute là-dessus. Il la lécha plus vite, voulant qu'elle jouisse sur sa langue, mais elle haleta :

— Je veux te sentir en moi.

Le choc faillit le tuer. Il aurait très bien pu se contenter de lui procurer du plaisir. Il était prêt à attendre si besoin.

Elle l'attira vers elle, le tirant et prenant ses joues dans ses mains pour l'embrasser.

— Tu es sûre ? murmura-t-il contre ses lèvres, sa bite palpitant, coincée entre leurs deux corps.

— Je suis fatiguée de me cacher. Fatiguée de ne pas vivre, dit-elle en le regardant à travers ses cils mouillés. Je te veux.

Elle ne fit aucune autre demande. Aucune promesse,

mais cela lui suffit. La douche était étroite, mais il parvint à la retourner. Elle plaça ses paumes sur le mur de la douche, basculant ses fesses en arrière.

Il prit son temps, glissant sa main entre ses cuisses, jouant avec son clitoris jusqu'à ce qu'elle se pousse contre lui, murmurant :

— Arrête de me taquiner.

Il frotta le bout de sa bite contre elle, l'enfonçant doucement, elle était si étroite que cela le rendait fou. Mais il fit attention à cause de la taille importante de son sexe.

Sauf qu'elle en avait assez de faire attention. Elle se pencha un peu plus en avant et se plaqua contre lui, s'enfonçant profondément. Ils gémirent tous les deux et s'immobilisèrent. Lui avec ses doigts enfoncés dans ses hanches. Elle tendue, son sexe étant la seule chose qui palpitait.

— Merde, merde, merde.

Ce fut son mantra alors qu'il se retirait doucement pour s'enfoncer à nouveau. Le plaisir était presque trop intense. Il se crispa fortement, déterminé à ne pas jouir avant de la sentir atteindre l'extase.

Mais très rapidement, aller doucement ne fut plus une option. Il finit par la pénétrer, encore et encore, chaque coup de reins lui arrachant un gémissement aigu puis elle haleta :

— Oui, oui, oui !

Il n'allait pas pouvoir se contenir plus longtemps et heureusement, il n'eut pas à le faire. Avec un cri étranglé, elle explosa en mille morceaux autour de sa bite, ses muscles lisses le serrant fortement, le liant à elle. Puis il jouit, la marquant de sa semence. Il s'enfonça une dernière fois profondément. Leurs corps pulsèrent en même temps.

Quand il se retira, il la retourna et l'attira dans ses bras, la tenant contre lui, sentant sa respiration ralentir alors qu'elle enfouissait son nez contre son torse.

— C'était...

Elle s'arrêta.

— Épique ? suggéra-t-il.

— Est-ce que ce sera toujours comme ça ? demanda-t-elle, levant les yeux vers lui.

— À vrai dire, je prédis que ce sera même encore mieux.

Il se délecta de ce sourire sur ses lèvres. Un sourire qui malgré tout le reste, ne faiblit pas lorsqu'ils s'habillèrent. Elle n'avait aucun vêtement propre, elle dut donc lui en emprunter, son legging était serré sur lui, mais lâche sur elle. Le pull qu'il lui donna lui descendait presque aux genoux. Elle était sexy comme jamais.

— Tant pis pour la réunion avec Reid. Restons ici toute la journée.

— Il faut qu'on lui raconte ce qui s'est passé, dit-elle, mais avec un sourire satisfait.

— Je sais. Mais une fois qu'on aura fini, je te déshabillerai et je vénèrerai chaque centimètre de ton corps.

— Ça me plairait bien oui.

Elle rougit et baissa la tête.

Les trente minutes que Boris leur avait laissées étaient presque écoulées, ce qui voulait dire qu'il était l'heure. Ils enfilèrent leurs équipements de neige, prêts à marcher, pour finalement trouver un véhicule utilitaire tout terrain, avec les clés sur le contact.

Elle s'assit à côté de lui, s'accrochant fermement à la barre alors qu'il faisait quelques dérapages, le rire de Rilee étant comme de la musique pour ses oreilles. Bien plus agréable que le hurlement familier qui se fit entendre dès qu'il entra dans le bureau de Reid.

— Mon bambino ! J'étais si inquiète !

DOUZE

— Mon bébé, tu es vivant !

Rilee ne douta pas une seconde qu'il s'agissait bien de la mère de Mateo.

Une personne normale aurait pâli, peut-être même couru, mais pas Mateo. Il sourit.

— Mamma ! Qu'est-ce que tu fais là ? dit-il en agitant son doigt comme si elle avait été vilaine.

Et la femme mûre gloussa.

Quelle que soit l'image qu'elle avait créée dans son esprit, celle-ci ne correspondait pas à la réalité. Mamma, comme Mateo appelait madame Ricci, ne paraissait pas assez âgée pour avoir un fils de son âge. Certes, elle avait quelques mèches grises dans ses cheveux foncés, mais elles lui donnaient une élégance et une maturité qui étaient accentuées par sa silhouette voluptueuse alors qu'elle portait un pull en tricot qui épousait ses courbes.

Sur une chaise à côté d'elle se trouvait une parka toute neuve, d'un rouge éclatant, un chapeau tricoté avec des mitaines assorties et une écharpe. De toute évidence, cette famille aimait la laine, car elle n'avait pas pu s'empêcher de remarquer le nombre de pulls qui se trouvaient dans la commode de Mateo, à l'hôtel.

Mateo prit sa mère dans ses bras. C'est-à-dire qu'il l'attrapa et la souleva pour la secouer et la serrer contre lui.

— Je n'arrive pas à croire que tu sois là.

— Il fallait que je vienne. Quand tu ne m'as pas appelée, je me suis inquiétée.

Il fronça les sourcils.

— Ça n'explique pas comment tu es arrivée si vite ici. Surtout que la tempête a seulement pris fin il y a quelques heures.

— Parce qu'elle a soudoyé quelqu'un pour qu'il la conduise sous des conditions météo dangereuses, marmonna Reid.

Sa remarque provoqua un regard noir qui était tout à fait à l'opposé de son expression habituelle quand elle était face à Mateo. Rilee trouva cela fascinant à regarder. C'était comme si Madame Ricci était devenue une toute nouvelle personne.

— Peut-être que je n'aurais pas pris des mesures aussi extrêmes si tu avais pris mon coup de téléphone au sérieux. Je t'avais prévenu que mon fils était en danger.

— Et comme je vous l'ai dit, il allait bien. Il rendait simplement visite à, hum, une amie, bégaya Reid.

Puis il haussa les épaules d'un air désolé en direction de Rilee.

— À vrai dire, il m'a surtout sauvé la vie, déclara Rilee.

Ils restèrent tous bouche bée.

— Que s'est-il passé ? s'empressa de demander Reid.

Boris se redressa immédiatement.

— Vous avez eu des ennuis ?

Elle leur aurait bien raconté, mais Mateo intervint.

— La cabane de Rilee a brûlé durant la tempête, donc on a dû se réfugier dans le traîneau.

— Oh merde. Désolé, Rilee, dit Reid qui parut très compatissant.

— C'est juste du matériel, marmonna-t-elle.

— Si tu as besoin de quoi que ce soit, tu viens nous parler à Jan et moi, d'accord ? insista Boris.

— Je vous ferai un compte rendu complet dès que ma mère sera installée, dit Mateo au lieu de leur expliquer pourquoi la cabane avait brûlé.

Apparemment, il ne voulait pas que sa mère connaisse les détails.

— Quel gentil garçon, il pense à moi. Mais ce n'est pas nécessaire. Ils m'ont prêté une belle maison avec une cuisine qui est à peine convenable, mais il faut faire avec.

Madame Ricci jouait à la martyre.

— Quand es-tu arrivée ici ? demanda Mateo.

— Seulement quelques minutes après que tu ne sois parti en mission de sauvetage. Toujours un héros, dit madame Ricci avec fierté.

— Tu n'aurais pas dû te donner cette peine. Je vais bien, dit Mateo.

— Maintenant oui, mais à ce moment-là tu aurais pu être en train de mourir dans un fossé.

— Il n'y a pas de fossés ici, Mamma.

— Peut-être pas, mais il y a d'autres dangers.

Elle jeta un regard rapide en direction de Rilee.

— Tout comme la malnutrition par exemple, continua-t-elle. J'ai vu lors de notre dernier appel vidéo que tu paraissais un peu mince. Je ne veux pas que mon garçon meure de faim. J'ai apporté quelques trucs avec moi.

— Quelques trucs ? Vous avez carrément rapporté un évier de cuisine, marmonna Boris.

Il plaisantait, n'est-ce pas ?

— Vous ne croyez quand même pas que je vais remplir une vraie casserole de pâte avec un simple robinet ? dit la mère de Mateo en reniflant avec dédain.

Même si Mateo avait un faible pour sa mère, il avait aussi un point de rupture.

— Je n'ai pas perdu de poids. Comment pourrais-je ? Ça ne fait qu'une semaine que je suis parti.

— La semaine la plus longue de ma vie, dit-elle en exagérant et Rilee dût se mordre la lèvre pour ne pas rire.

C'était très divertissant à regarder. Cela la rendit également un peu jalouse. Elle n'avait jamais été autant aimée par quelqu'un.

— Tu te souviens de cette discussion qu'on a eue sur le fait de me laisser un peu d'espace ?

— Bla bla bla, oui que soi-disant je ne devais pas te déranger pendant que tu travaillais.

Elle joignit les mains et son expression innocente était également un brin sournoise.

— Tu m'as clairement dit que ton déménagement à Kodiak Point n'avait rien à voir avec ton travail. Tu n'as quand même pas menti à ta mère, hein ?

Elle battit carrément des cils.

— Ne fais pas ça.

— Faire quoi ? Me demander si mon adorable bambino,

la chose la plus importante dans ma vie, ne fait pas confiance à sa mère après que celle-ci lui ait donné la vie après plus de trente-sept heures de travail à cause de son énorme tête ?

— Tu sais que je te fais confiance, dit-il.

— Mais tu ne m'aimes plus, dit-elle en reniflant.

— Tu es ridicule, Mamma.

— Alors pourquoi est-ce que tu ne veux pas que je te rende visite ?

Bien joué. Elle l'avait coincé et il le savait.

Mateo gémit.

— Tu sais très bien que je ne peux pas te dire quand je suis sous couverture et en mission.

Sa réponse fit soudain paniquer Rilee. Attendez, quoi ? Mateo avait-il menti sur son identité ?

Elle fit un pas en arrière, s'écartant de lui.

Malgré tout ce drame avec sa mère, il le remarqua.

— Je suis là pour le travail, mais ça n'a rien à voir avec toi, *bella*. Je te le jure.

— Alors pourquoi es-tu ici ? demanda-t-elle.

— À cause de ces braconniers.

Ceux pour lesquels il avait essayé de l'avertir.

Sa mère n'apprécia pas de ne plus avoir son attention et s'exclama avec colère :

— Je savais que tu étais en danger ! J'ai pourtant dit à ces gens – elle jeta un regard désobligeant en direction de Reid et des autres – que tu avais des ennuis. Mais m'ont-ils écoutée ? Non, ils ont retardé l'envoi d'une équipe de secours pour mon fils chéri.

— Vous avez bien vu ce blizzard ! Nous avons dû attendre que la tempête se calme, s'exclama Reid.

— Mon bambino aurait pu mourir pendant que vous restiez au chaud dans vos tanières, dit madame Ricci d'un air pleurnicheur.

— Mamma, tu es folle. Je ne suis pas mort.

— Mais tu aurais pu. Et la faute à qui ?

Son regard effrayant se posa finalement sur Rilee et elle la fixa. Madame Ricci pinça les lèvres.

— Je ne crois pas que l'on nous ait présentées. Je suis Tanya Ricci. Et vous êtes ?

— Rilee.

Elle ne donna pas son nom de famille, car, quand elle s'était retrouvée dans cette cage, elle avait décidé que celui-ci n'appartenait qu'à elle. Pas de famille. Pas de nom. Juste le moi et moi-même.

— Pourquoi portes-tu le pull que j'ai tricoté à mon fils ? demanda Madame Ricci avec insistance.

— Parce qu'elle a perdu tous ses vêtements quand sa maison a brûlé.

— C'est commode, tiens, dit sa mère d'une voix traînante.

— Oui, parce que je mourais d'envie de perdre toutes mes affaires et de devoir porter des défroques trop grandes qui grattent, c'est logique.

Le pull n'était pas si rêche que ça, mais elle apprécia de voir madame Ricci pincer les lèvres.

— Sois gentille, Mamma.

Mateo plaça sa main dans le bas du dos de Rilee, lui apportant son soutien. Elle risquait d'en avoir besoin. Si maman tigre attaquait, cela risquait de mal tourner. Madame Ricci se mit à l'analyser.

— Tu es parti dans la tempête pour aller aider cette fille ?

— Ouaip.

Il ne dit rien de plus. Elle voyait bien que sa mère mourait d'envie de poser la question, mais elle se retenait.

C'est là que Reid décida enfin d'intervenir.

— Peut-être que vous pourriez continuer votre discussion ailleurs pendant que je parle de l'incendie à Rilee ?

— Je devrais être présent pour ça. Mamma et moi on discutera plus tard, déclara Mateo et pendant une seconde, elle s'attendit à ce que Madame Ricci proteste.

Mais au lieu de ça, elle leva le menton d'un air dédaigneux.

— Comme je ne suis clairement pas la bienvenue ici, je vais m'en aller.

— Ne réagis pas comme ça, Mamma. Il faut juste que je parle avec l'alpha et ensuite je viendrai te voir. Sinon comment je fais pour avoir des cookies fraîchement cuisinés, moi ?

— Tss, dit sa mère. Toi et tes cookies alors. Ne crois pas que je vais te faire des gâteaux maintenant.

— Mais je croyais que tu me trouvais trop mince, dit Mateo qui utilisa sa propre logique contre elle.

— Les cookies ce n'est pas bon pour toi, déclara Rilee. Ça fait grossir. Et si je te faisais plutôt une salade tout à l'heure ?

Elle le fit exprès et Madame Ricci tomba dans le panneau.

— De la salade ? C'est pour les herbivores, ça, rétorqua-t-elle avec mépris. Je vais faire un rôti.

— Avec des gyozas ? insista-t-il. J'en ai besoin.

Il ne les voulait pas, il en avait besoin et sa mère acquiesça.

— Et un pudding pour le dessert. J'ai intérêt à m'y mettre tout de suite.

— Tu as besoin qu'on t'escorte jusqu'à chez toi ? demanda-t-il.

— Est-ce que tu insinues que cette ville est dangereuse ? dit-elle d'un ton sec. J'aurais dû m'en douter. Les ours ont tendance à être fainéants en hiver.

Reid resta bouche bée.

Avant qu'il ne rétorque, Rilee s'interposa.

— La ville est tout à fait sécurisée. Je suis sûre que votre fils est plus préoccupé par le fait que quelqu'un de votre âge risque d'avoir du mal à se déplacer sur le verglas, dit-elle en souriant gentiment.

Madame Ricci plissa les yeux.

— Je suis dans la fleur de l'âge.

— J'espère que vous avez également pris vos vitamines en plus de l'évier de la cuisine. C'est important d'avoir les os solides quand on vieillit.

Il y eut beaucoup de toussotements de la part de Madame Ricci et ses yeux brillèrent, mais pas de colère, plutôt, car elle était intriguée. Il y avait également du défi dans son regard.

— J'ai apporté tout ce dont je pourrais avoir besoin, notamment les ingrédients pour les plats préférés de mon bambino. Il adore ma cuisine.

C'était mal, si mal, mais elle ne put s'empêcher de répondre :

— Et vous lui avez très bien appris d'ailleurs. J'ai hâte qu'il cuisine à nouveau pour moi...

Rilee ferma les yeux et gémit de plaisir.

— Il a cuisiné pour toi, dit-elle tout bas.

Reid toussa.

— Hum, je crois qu'il faut que j'aille vérifier quelque chose avec Boris.

— Ouais. Genre tout de suite.

Les deux hommes s'en allèrent.

Mais Madame Ricci ne parut pas dérangée d'avoir viré l'alpha de son propre bureau. Elle jeta un regard noir à Mateo.

— Tu as quelque chose à me dire ?

— Non, pas vraiment.

— Peut-être que tu voudrais m'expliquer pourquoi elle porte tes vêtements et sent ton odeur.

Chez les métamorphes, l'odeur n'était pas quelque chose que l'on pouvait contrôler. Rilee faisait de son mieux avec le parfum qu'elle fabriquait et qui la faisait sentir comme un désodorisant senteur pin, mais elle l'avait perdu. Et ils venaient tout juste de se doucher ensemble.

Merde, elle espérait que leur plan était toujours valable pour ce soir. Il le lui avait promis.

Rilee leva le menton et dit :

— Nous sortons ensemble.

Dès l'instant où les mots s'échappèrent de sa bouche, elle les regretta. Sa mère semblait déjà la détester. Ce qui correspondait aux histoires qu'il lui avait racontées, lui expliquant qu'elle n'aimait jamais les filles avec qui il sortait.

D'après lui, elle trouvait toujours quelque chose à

redire. Des raisons pour lesquelles ces filles n'étaient jamais assez bien pour lui.

Alors quand madame Ricci la regarda de haut en bas, elle craignit le pire.

— Vous sortez ensemble ? Comme un couple ?

Elle hocha la tête, espérant que Mateo lui pardonnerait ce petit mensonge. Et puis, c'était lui qui avait affirmé qu'ils étaient des âmes sœurs.

Madame Ricci regarda Mateo, comme si elle voulait qu'il confirme.

— Elle est importante pour moi, Mamma.

Il avait vraiment dit ça et avec cette chaleur qui la traversait de toute part, elle lui sourit.

Il lui fit un clin d'œil.

Le regard de madame Ricci passa de l'un à l'autre et quand elle ouvrit la bouche, Rilee se prépara mentalement.

— Tu es trop maigre. Je vais te nourrir. Le dîner sera servi à cinq heures.

Puis, madame Ricci s'en alla.

Rilee regarda dans le vide pendant un moment avant de murmurer :

— Qu'est-ce qu'il vient de se passer, là ?

— Je ne sais pas. Elle n'a encore jamais proposé de cuisiner pour l'une de mes petites amies auparavant.

Son air stupéfait n'aida pas.

— Tu crois qu'elle va essayer de m'empoisonner ? demanda-t-elle d'un air dubitatif.

— J'espère pas.

Sa réponse n'était pas des plus rassurantes.

Reid et Boris choisirent cet instant pour revenir et

passèrent quelques minutes à taquiner Mateo sur sa mère. Mais il le supporta avec bonne volonté et, même si sa mère n'arrivait pas du tout à couper le cordon, il n'était pas le moins du monde rancunier.

Une partie d'elle se demanda si elle serait aussi bienveillante si quelqu'un essayait de l'étouffer avec autant d'affection.

Une fois les plaisanteries terminées, ils leur expliquèrent ce qu'il s'était passé, notamment qu'elle avait ouvert la porte à son pire ennemi. L'homme qui l'avait poussée à se rendre à Kodiak Point pour lui échapper.

Même si Mateo avait tué ses agresseurs, il était inquiet.

— Je veux savoir comment il a su que Rilee était là. Car je doute fortement qu'elle prenne des photos pour les poster ensuite sur les réseaux sociaux.

Elle secoua la tête.

— Je n'ai même pas d'appareil photo. Quant au fait que Shayne m'ait retrouvée ? Je n'ai pas eu l'occasion de lui demander. Il m'a tiré dessus avec des tranquillisants dès l'instant où j'ai ouvert la porte.

— Putain de connard, grogna Reid.

Boris, lui s'énerva.

— Tu as ouvert la porte sans vérifier de qui il s'agissait d'abord ?!

Elle haussa les épaules et baissa la tête, les joues rouges alors qu'elle murmurait :

— Je croyais que c'était Mateo.

Il chercha sa main et la serra dans la sienne.

— Ce qui est de ma faute. J'ai été retenu en ville puis

je suis passé devant ta cabane sans la voir à cause de la tempête.

— Je n'arrive pas à croire qu'ils l'aient pourchassée si effrontément. Tu es sûr qu'ils sont morts ? demanda Reid de manière brusque.

Mateo hocha la tête.

— Trois hommes. Deux motoneiges.

— Seulement trois ? répéta Boris. Tu es sûr ?

— Ouais, pourquoi ?

Boris sortit son téléphone et fit défiler l'écran avant de le tendre vers lui pour lui montrer un message.

— Gene surveillait leur campement hier. Il a dit qu'un peu plus tôt dans la journée, deux motoneiges sont parties vers l'ouest, transportant quatre types.

Personne ne dit rien ; ils n'eurent pas besoin de le faire. La peur lui glaça le sang quand elle réalisa que Shayne n'était peut-être pas mort.

TREIZE

La peur dans les yeux de Rilee fut comme un coup de couteau dans le ventre pour Mateo.

Il l'avait déçue. Certes, il avait sauvé sa *bella*, de ces kidnappeurs. Il les avait tués pour qu'ils ne puissent plus jamais s'en prendre à elle, mais il avait peut-être omis d'éliminer l'homme qui lui donnait des cauchemars. Celui qui méritait de souffrir le plus.

Non pas qu'elle ait dit quoi que ce soit sur son échec. Elle ne dit d'ailleurs pas grand-chose durant le reste de la réunion même après que celle-ci qui avait lieu dans le bureau de Reid se soit déplacée dans une salle de réunion plus grande. D'autres habitants les rejoignirent, des mâles et des femelles. Même un bébé, bercé et endormi contre l'épaule de Reid.

Ils s'inquiétaient beaucoup du fait que les braconniers restants au camp de chasse puissent riposter. Ils craignaient encore plus que leur secret ne soit plus aussi secret.

— Nous savions tous que ce jour viendrait depuis que Parker a ouvert sa bouche et a parlé aux médias, annonça Reid d'une voix forte, calmant le brouhaha dans la pièce. Avec les réseaux sociaux et tout le monde collé à son téléphone, ce n'était qu'une question de temps. Le plus important, c'est de savoir comment le gérer.

— Moi je dis on les tue tous, on jette leurs corps dans un lac et on fait semblant de dire que c'était simplement des idiots qui pensaient pouvoir venir dans le Grand Nord en agissant comme des imbéciles.

Tout comme Gene, Boris n'avait qu'une idée en tête dès qu'ils étaient menacés.

— Et le prochain groupe qui viendra ? demanda Jan. On ne peut pas tuer tous ceux qui savent ce que nous sommes.

— Si on se débarrasse de plusieurs d'entre eux, ils réfléchiront à deux fois avant de venir nous embêter, soutint Boris.

— C'est de ma faute. Ils sont venus me chercher, dit Rilee dont les épaules s'affaissèrent.

— Je t'interdis de te sentir coupable de tout ça, s'énerva Reid. S'il y a bien une personne fautive ici, c'est moi. De toute évidence, quelque chose a fuité.

Un traître parmi eux qui les avait tous mis en danger.

Sur le chemin du retour vers le motel, Rilee serra ses bras autour d'elle. Plus d'une fois, elle expliqua qu'elle devrait probablement dormir ailleurs.

Sa réponse ?

— Certainement pas, putain. Ta place est avec moi.

Il avait prévu de passer la soirée à la rassurer. Il avait

donc envoyé un message à sa mère pour lui annoncer qu'ils ne pourraient pas venir dîner.

Il n'obtint aucune réponse.

Mamma ne faisait cela que lorsqu'elle était furieuse. Une femme de ménage avait dû passer, car le lit était impeccable. On avait passé l'aspirateur sur la moquette. Et ses affaires avaient… disparu ?

Tous les colis que lui avait envoyés sa mère s'étaient apparemment eux aussi envolés. Tout comme les vêtements qu'il avait posés sur sa chaise. Les tiroirs et les placards étaient vides. Ses affaires de toilettes n'étaient plus là.

— Putain, ils ont cru que j'avais quitté l'hôtel ou quoi ? grogna-t-il.

— Hum, Mateo. Il y a un mot.

Un mot de la part de sa mère en Italien. Apparemment, elle avait anticipé qu'il trouverait une excuse pour rester avec Rilee.

Il le lut à voix haute en le traduisant :

— J'ai déplacé tes affaires dans la maison que l'on m'a prêtée pour mon séjour. Viens. J'ai plein de nourriture.

— J'imagine que tu ferais mieux d'y aller, dit Rilee, les bras enroulés autour d'elle, l'air frêle dans son pull qui lui allait trop grand.

— Comme si j'allais te laisser seule, dit-il en ricanant. En plus, elle t'attend aussi.

— J'en doute fortement.

Il traduisit ensuite la seconde partie du mot assez choquante.

— Amène la fille.

Elle leva un sourcil.

— Comme c'est accueillant.

— Plus que tu ne le crois, bella. On y va ?

Le trajet jusqu'au chalet que sa mère avait réussi à dégotter ne prit que quelques minutes. La ville était plutôt dense, ce qui facilitait les déplacements entre les entreprises et les habitations. La maison était carrée et n'avait pas d'étage. La cheminée remontait sur le côté et de la fumée s'en échappait. Les rideaux étaient tirés, mais de la lumière était visible sur le bord des fenêtres. Le revêtement rouge s'était décoloré sous l'effet du soleil et des éléments et il n'y avait pas de sonnette sur la porte.

Rilee hésita lorsqu'il s'approcha assez près pour toquer. Elle mordilla sa lèvre inférieure avec une trépidation évidente.

— Pourquoi tu as l'air si inquiète ?

— Parce que c'est ta mère.

— Oui, effectivement. Ne t'inquiète pas, je suis sûr que tout va bien se passer.

Elle ne parut pas très convaincue.

— Tu es terriblement naïf si tu crois ça. On a couché ensemble. Je suis plutôt certaine que ça fera de moi l'ennemie publique numéro un.

— Probablement.

Il ne comptait pas lui mentir. Mais il lui rappela également quelque chose.

— Tu as très bien su gérer Mamma tout à l'heure.

— Et maintenant je le regrette, murmura-t-elle.

Il lui prit les mains. Elle portait une paire de mitaines qu'il n'avait encore jamais mises, mais sa mère avait insisté pour qu'il les mette dans sa valise. Elle portait également le bonnet et l'écharpe assortie et était très belle.

Il eut envie de lui dire quelque chose de rassurant, mais à la place, il lui donna un doux baiser.

— Est-ce que c'est censé aider ?

— Tu veux que j'essaye à nouveau ? la taquina-t-il. Parce que si tu veux plus de bisous on peut toujours retourner à l'hôtel.

— Et ta mère ?

— Elle peut attendre si toi tu n'es pas prête.

— Elle serait furieuse si tu faisais ça.

Il haussa les épaules.

— Il ne s'agit pas d'elle, mais de toi. Qu'est-ce que tu veux ?

Parce que c'était ça qui était important. Mamma allait devoir comprendre que Rilee avait vécu des choses qui la rendaient méfiante envers les gens. Et elle nécessitait un traitement spécial.

— Refuser son invitation serait mal vu, dit-elle en fronçant le nez. Il faut que j'entre, même si c'est juste par politesse.

— Ça va bien se passer, dit-il, déposant un autre baiser sur ses lèvres, au moment où la porte s'ouvrait.

Ils furent accueillis par de la lumière et de la chaleur ainsi que par le délice aromatique que diffusait ce qui était sur le feu.

Se tenant dans l'entrée, Mamma rayonnait.

— Ah, vous voilà. Comme c'est affreux de la part de cet ours de retenir les gens si tard. Surtout après votre mésaventure. Vous devez avoir tellement faim.

— Pas aussi affamés qu'on aurait pu l'être si tu ne

nous avais pas envoyé le déjeuner. Délicieux, d'ailleurs, déclara-t-il.

Mamma fit comme si ce n'était rien. Un jeu auquel ils aimaient bien jouer, mais un jeu inoffensif.

— C'est vous qui aviez cuisiné tout ça ? demanda Rilee.

— Mamma est douée pour la cuisine de groupe.

Puis il ajouta discrètement à sa mère :

— Rilee a repris deux fois de la salade de pommes de terre.

Elle rougit et balbutia :

— C'était incroyablement bon.

— J'ai fait mieux, mais j'ai été pénalisée par le manque de ressources de cette ville. Attends que je t'en fasse une meilleure.

Il faillit baver rien qu'à l'idée.

— Je suis surprise que tu ne te sois pas porté volontaire pour aller à la chasse, dit Mamma en fermant la porte et en leur montrant le range chaussures.

Il fut assez intelligent pour ne pas lui demander comment elle connaissait les détails de la réunion. Mamma en savait toujours plus qu'elle ne le devait. Elle avait probablement questionné quelqu'un après leur avoir apporté cette énorme pile de sandwichs, cette salade de pommes de terre géante que Rilee avait vraiment appréciée et des beignets. Tout avait été dévoré jusqu'à la dernière miette. Et il était prêt à parier qu'il n'y avait pas un seul secret en ville que sa mamma ne connaissait pas. Il n'avait rien réussi à lui cacher étant petit.

— Je ne voulais pas laisser Rilee seule.

— C'est un bon raisonnement. Et nous en parlerons au dîner. Je veux tout savoir.

Cette femme qui ne pouvait pas être sa mère avec son immense sourire prit les mains de Rilee dans les siennes.

— Quel calvaire tu as dû vivre. Pas étonnant que tu sois si menue, *piccina*[1]. Je t'ai préparé de délicieuses choses pour te faire un peu grossir.

— Ça sent incroyablement bon, Mamma, déclara-t-il, son estomac grondant déjà alors qu'il entrait.

Il attendit que sa mère l'accueille. Selon son humeur il pouvait soit s'agir d'un câlin, soit d'une tape dans le dos.

Mais Mamma aidait Rilee à enlever son manteau.

— Merci pour l'invitation, madame Ricci, dit Rilee d'un air assez raide, enroulant à nouveau ses bras autour de sa taille.

— Oh, appelle-moi Mamma. C'est ce que tout le monde fait, dit-elle avec un grand sourire.

Mateo la regarda. Personne ne l'appelait Mama. C'était lui qui la surnommait comme ça.

— Tu te sens bien ? lui demanda-t-il.

Sa mère n'arrêtait pas de rayonner.

— On ne peut mieux. Même si je pensais t'avoir appris à te rendre utile. Ne reste pas planté comme ça, bambino. Accroche les manteaux, dit-elle en les lui lançant et se tourna vers Rilee. On va te faire asseoir à côté du poêle, au chaud. Tu veux un verre de lait avec ton repas ?

Elle prit Rilee par la main, la tirant dans le couloir étroit.

Rilee lui lança un regard de pure panique.

Il ne savait vraiment pas comment réagir. Ça ne

s'était jamais produit auparavant. Sa mère tentait-elle une forme de psychologie inversée ?

Et lui, son fils préféré, où se positionnait-il dans tout ça ? Apparemment, son rôle était d'accrocher les manteaux et non pas de se tenir près du feu ou de lécher la cuillère de la pâte à gâteau.

Le dîner s'avéra surréaliste avec sa mère qui faisait toute la conversation. Plus surprenant encore, au bout d'un moment, Rilee se mit à lui répondre. Parfois avec sarcasme, car c'était sa façon de se défendre, mais sa mère semblait s'y attendre et même prendre plaisir à ces petites piques qu'elles se lançaient mutuellement. C'est lorsqu'elles se retournèrent contre lui qu'il comprit à quel point il était dangereux qu'elles fassent équipe.

— Oui, il est têtu, reconnut Rilee qui était d'accord avec quelque chose que venait de dire sa mère.

— Oh oui, et c'est pourquoi il était si difficile de lui apprendre à ne plus utiliser le pot. C'est aussi pour ça qu'il a fait pipi au lit jusqu'à ce qu'il commence à aller à l'école, déclara Mamma.

— Elle n'a pas besoin de savoir ça, murmura-t-il.

— Non, ce qu'elle ne doit pas savoir, ce sont les magazines féminins que tu avais l'habitude de cacher entre ton matelas et ton sommier. Je pensais qu'il avait plus de respect que ça pour les femmes, renifla sa mère.

Il pardonna à sa Mamma d'avoir révélé tous ses secrets quand il vit le sourire de Rilee.

— Ce n'est pas un mauvais gars. Il m'a sauvée. S'il n'avait pas été là, je me serais à nouveau réveillée dans une cage.

— C'est affreux ce qu'il t'est arrivé, dit Mamma. Je suis désolée.

Rilee haussa les épaules.

— J'ai survécu.

— Et tu es devenue forte. Quel courage. Ça mérite un gâteau, ça.

Mamma avait préparé un mélange avec du glaçage et du pudding. Rilee gémit à chaque bouchée.

— C'est la chose la plus incroyable que j'ai jamais mangée.

Ce qu'il trouva très vexant.

— Ça, c'est seulement parce que je ne t'ai encore jamais fait mon gâteau renversé aux pêches.

Mamma renifla.

— Tout le monde peut faire ça. C'est grâce aux blancs des œufs montés en neige et le mélange parfait du sucre et du beurre pour obtenir un glaçage des plus consistants.

— Dans le mien, il y a du sucre roux.

Sa mère pinça les lèvres.

— Le sucre roux c'est pour les tartes aux noix de pécan, les cookies au beurre de cacahuète et le caramel.

— Et moi qui pensais qu'il n'était bon qu'à saupoudrer sur du porridge instantané, plaisanta Rilee.

Mateo frissonna.

— C'est pas du vrai porridge ça, Mamma il faudra que tu lui en fasses, avec des raisins.

— Un beau projet pour demain matin. Mais maintenant, je crois que la *piccina* a besoin d'aller au lit.

— Je suis d'accord.

Il tendit la main pour attraper celle de Rilee, mais sa mère lui donna une petite tape.

— Allez, allons te border, *piccina*.

— Je peux m'en occuper, Mamma, grogna-t-il.

C'est là que sa mère lui jeta un regard noir et dit :

— Je ne crois pas, non. En tant qu'invitée, Rilee aura la chambre d'amis. Toi, tu dormiras sur le canapé.

---

1. Petite en Italien.

QUATORZE

Mamma jouait le rôle de chaperon et Rilee faillit rigoler en voyant l'expression sur le visage de Mateo. Mais la sienne devait être tout aussi incrédule. Elle s'était attendue à passer un dîner sous tensions avec madame Ricci – appelle-moi Mamma. Pourtant, elles avaient échangé quelques piques plus d'une fois, pour finalement rire ensuite.

Riant et mangeant de la bonne nourriture. Tellement de nourriture. La femme ne s'était pas arrêtée de les servir jusqu'à ce que Rilee se penche en arrière et gémisse :

— Je vais exploser.

Elle avait certainement besoin de dormir. Avec toute cette nourriture et cette chaleur – et oui, un peu de vin aussi – elle avait les paupières lourdes.

Elle ne discuta pas quand mamma voulut lui laisser le lit double. Mais elle eut soudain les larmes aux yeux, car sur la couette se trouvait une chemise de nuit en flanelle douce. Le genre de nuisette qui descendait jusqu'aux chevilles. Elle lui était évidemment destinée, étant donné qu'elle était trop courte et étroite pour la voluptueuse madame Ricci.

— Merci, dit-elle en désignant le tissu.

C'était un beau geste et c'était bien plus que ce à quoi elle s'était attendue.

— Je n'étais pas sûre de ta taille, sinon qu'elle était trop petite. Mais j'ai réussi à te trouver des choses.

Des choses ? Le petit placard s'ouvrit, dévoilant une montagne de vêtements. Le sac sur la commode contenait des articles de toilette. Et quand elle sortit de la salle de bains, portant sa tenue de la Petite Maison dans la Prairie, elle trouva Mamma en train de poser un livre et une tasse de lait chaud fumant avec une pointe de cannelle sur la table de nuit.

Elle ne put s'empêcher de s'exclamer :

— Pourquoi êtes-vous si gentille avec moi ?

La réponse fut simple.

— Je pense qu'il était grand temps que quelqu'un le soit avec toi.

C'est là que les larmes coulèrent. Les bras qui l'enveloppèrent n'étaient pas musclés, mais ils lui apportaient le même réconfort qu'elle retrouvait avec Mateo. Les deux se montraient attentionnés.

Mais lui ne voyait pas les choses comme ça. Il fit irruption en aboyant :

— Qu'as-tu fait à ma *bella* ?

— Moi ? souffla sa mère. Pendant que tu étais occupé à japper toute la journée, tu as oublié de prendre soin de cette créature fragile. Elle est délicate, espèce de boulet géant !

— Je le sais qu'elle l'est ! beugla-t-il.

— Alors tu devrais mieux t'occuper d'elle ! cria sa mère en retour.

— J'en ai bien l'intention !

— Tant mieux.

Madame Ricci s'en alla et Rilee cligna des yeux en direction de Mateo.

— Je suis toujours défoncée aux tranquillisants ou quoi ? Parce que je ne comprends pas ce qu'il se passe.

Il ouvrit grand les bras.

— C'est ce qu'on appelle la famille, bella.

— Mais elle me connait à peine.

— Et ? Il y a des gens avec qui tu as immédiatement une connexion, dès l'instant où tu les rencontres. Comme toi et moi.

Elle lui lança un regard, mais ne sut pas quoi lui répondre. Car effectivement, sa rencontre avec lui avait changé quelque chose en elle. Par rapport à ce qu'elle ressentait. Ce qu'elle voulait.

Il prit son visage dans ses mains et déposa un baiser sur ses lèvres.

— Tu n'es plus seule désormais.

Pas pour l'instant, mais elle ne savait pas de quoi demain serait fait, c'est pourquoi elle enroula ses bras autour de son cou et intensifia ce baiser chaste. Elle se plaqua contre lui, désirant ce que seul lui pouvait lui donner. Voulant le plaisir.

Ils étaient discrets, très, très discrets, mais cela n'empêcha pas le :

— Pas avant que vous ne soyez mariés !

Il soupira en s'écartant.

— On aurait dû rester au motel.

Mais elle en revanche, sourit et se sentit assez audacieuse pour dire :

— Attends qu'elle s'endorme.

— Bella..., souffla-t-il et il lui donna un dernier baiser avant de partir.

Elle resta allongée dans son lit. Pleinement réveillée. Anticipant.

La porte resta partiellement ouverte, ce qui voulait dire qu'elle pouvait l'entendre lui et sa mère en train de se quereller pour rien, mais d'une façon affectueuse et chaleureuse qui la berça finalement jusqu'à ce qu'elle s'endorme. Enfin, qu'elle fasse la sieste plutôt, car dès que sa porte grinça alors qu'on l'ouvrait, elle se réveilla.

— Bella ? murmura-t-il.

Au lieu de lui répondre, elle tendit les bras vers lui. Il se glissa dans le lit avec elle, ne portant que son jogging et rien d'autre. Leurs lèvres avides se rencontrèrent et glissèrent avec un abandon passionné. Les langues s'entremêlèrent et alors qu'ils s'embrassaient, sa chemise de nuit remonta, la mettant à nue face à ses caresses.

Sa peau fiévreuse se pressa contre la sienne, ses tétons durs se frottant contre son torse. Il arrêta de l'embrasser pour pouvoir saisir ces mamelons avec ses lèvres, tirant et suçant pendant qu'elle mettait son poing dans sa bouche pour ne pas faire de bruit.

Elle avait envie de hurler de plaisir. De crier et de le supplier d'arrêter de la taquiner. Tout ce qu'elle pouvait faire, c'était se tortiller et se cambrer quand ses doigts glissèrent sous sa culotte et contre sa fente humide. Il se servit de son propre miel pour les frotter contre son clitoris. La friction la fit trembler de désir.

Elle finit par haleter :

— S'il te plaît.

Elle avait besoin de le sentir en elle. Tout de suite.

Mais il semblait vouloir la taquiner un peu plus. Elle le poussa quand il lui demanda :

— Quelque chose ne va pas ?

— Ouais, tu mets trop de temps, se plaignit-elle.

Elle le força à se mettre sur le dos et tira sur son jogging. Il leva ses hanches pour l'aider à l'enlever. Puis, comme cela lui paraissait juste, elle prit son sexe dans sa main et le caressa. Elle le caressa jusqu'à ce que soit lui qui se tortille et respire fort, grognant finalement :

— Bella.

Ce n'est qu'à ce moment-là qu'elle le chevaucha, frottant son sexe contre le bout de sa bite, le taquinant. Elle avait envie de le taquiner un peu plus et n'inséra que le bout de son membre en elle. Le problème, c'est que ce n'était pas seulement une torture pour lui.

Elle se laissa retomber sur lui, s'empalant sur toute sa longueur en haletant et rejetant la tête en arrière, ses ongles s'enfonçant dans son dos alors que lui s'agrippait à ses hanches. Pendant un moment, ils restèrent immobiles, sa bite palpitant en elle. Doucement, très doucement, elle se mit à bouger, se balançant d'avant en arrière, se frottant assez fort pour que son clitoris obtienne une certaine pression. Se positionnant de façon à ce qu'il touche ce point sensible en elle.

Il était difficile de maintenir le rythme, distraite par le plaisir. Il l'aida, ses mains se plaquant sur ses hanches, la tirant et la poussant pour lui donner cette friction dont elle avait besoin. Accentuant son plaisir.

Juste avant qu'elle ne jouisse, elle se replia vers lui pour que leurs lèvres se rencontrent et il étouffa ce cri qu'elle laissa presque s'échapper. Il la tint alors qu'elle tremblait et frémissait, l'extase presque trop intense.

Elle s'effondra sur lui et il la serra dans ses bras.

Ils s'endormirent, entrelacés, jusqu'à l'aube où le bruit d'une porte que l'on ferme les réveilla.

— Merde. Mamma est réveillée.

Il lui donna un baiser rapide avant de glisser hors du lit. Il lui fit un clin d'œil une fois devant la porte avant de s'en aller.

Elle sourit comme une idiote.

Puis rougit comme une tomate quand, au petit-déjeuner, Mamma demanda :

— Vous avez passé une bonne nuit ?

— Oui. Très satisfaisante, déclara-t-il.

QUINZE

C'est lorsque Rilee prit sa douche que sa mamma le coinça et agita un doigt dans sa direction.

— Ne crois pas que je ne sais pas ce qui s'est passé la nuit dernière.

— De quoi tu parles ? répondit-il d'un air innocent.

— Cette fille ne mérite pas que tu joues avec son cœur.

— Cette fille va être ma femme.

Des mots qui auraient dû faire fulminer sa mère, mais à la place, elle sourit.

— Tant mieux. Je l'aime bien.

Il fronça les sourcils.

— Est-ce que tu fais de la psychologie inversée en me disant que tu l'aimes bien pour me pousser à la larguer ?

— Non. Je te donne mon approbation. Elle fera de toi un bon compagnon. Elle est forte et ne supportera pas tes bêtises.

— Elle ne supportera pas les tiennes non plus.

— Exactement, répondit sa mère.

Étant donné qu'il n'était pas certain que le danger qui menaçait Rilee ait totalement disparu, il refusa de quitter la maison, jusqu'à ce que sa mère insiste.

— Vas-y. Va voir tes amis et planifier des idioties. La fille et moi on se débrouillera très bien sans toi. On va faire des gyozas.

— C'est vrai ? demanda Rilee qui avait entendu la fin de la conversation, la peau humide, les cheveux mouillés et en arrière.

— Et je te montrerai comment tricoter, déclara Mamma.

Il s'attendait à ce que Rilee le supplie de venir la sauver, mais au lieu de ça, elle acquiesça.

— Ça pourrait m'être utile. Merci.

Mais que se passait-il ? Ce n'était pas comme ça que ça devait se passer !

En se rendant au bureau de Reid, il arriva à temps pour le texto de Gene. *Cibles en mouvement.*

Pas vers la ville, mais à l'opposé. Apparemment, ils avaient remarqué la disparition des chasseurs et les avaient crus perdus dans la tempête, ce qui avait écourté leur séjour de chasse. Des équipes de recherche étaient en train d'être assemblées, beaucoup d'habitants de Kodiak Point se portèrent volontaires pour éviter les soupçons et pour recouvrir les traces que Mateo aurait pu laisser.

L'annonce de leur départ aurait dû atténuer la peur de Mateo, mais le problème, c'était que Gene ne pouvait pas confirmer que le ravisseur de Rilee faisait partie du groupe. Ils portaient tous des casques qui dissimulaient leurs visages et même si cela n'avait pas été le cas, Rilee ne pouvait que leur donner une description assez sommaire de ce connard de Shayne.

— Comment se fait-il qu'on n'ait pas de photo ? grogna Mateo.

Boris fut celui qui marmonna :

— Parce que le nom qu'il lui a donné était faux. Shayne Klondike n'existe pas. Du moins pas un seul qu'elle ait reconnu. Et crois-moi, on a cherché dans toutes les bases de données possibles.

— Et les braconniers ? Est-ce qu'on a une liste de leurs identités ? J'ai des contacts que je peux appeler et qui peuvent trouver des infos sur eux.

— Non, aucun nom. Et les photos qu'on a prises d'eux ne sont pas terribles. C'est comme s'ils savaient qu'on les observait et ils n'ont jamais quitté leurs refuges le visage à découvert.

Il passa l'après-midi à attendre d'avoir plus de nouvelles, mais ce ne fut que dans la soirée que leur contact de la ville d'à côté leur confirma que les chasseurs qui avaient survécu étaient arrivés et que, malgré leur envie de partir, ils allaient devoir répondre à des questions concernant les disparus de leur groupe. Était-ce une bonne chose pour Kodiak Point ? Pas vraiment, parce que ça paraissait trop facile.

C'est pourquoi il passa la soirée au téléphone, à prendre des dispositions.

Le lendemain matin, il annonça la nouvelle.

— Nous allons quitter Kodiak Point.

Rilee qui était assise à côté de sa mère sur le canapé, des aiguilles à tricot dans la main, essayant de garder le rythme, s'arrêta un instant et dit :

— Oh.

Un simple petit bruit.

— C'est mieux que nous partions. Je me suis arrangé pour nous rendre dans la ville la plus proche ce matin. Ensuite, on prendra l'avion pour rentrer à la maison.

— J'espère que vous ferez bon voyage.

À en juger par l'air penaud de Rilee, elle avait totalement mal compris.

— *Nous* partons. C'est-à-dire toi, moi et Mamma.

Elle fronça les sourcils.

— Moi ?

— Oui, toi. C'est trop dangereux ici.

— Pourquoi ? demanda-t-elle pour finalement devenir toute pâle. Il est en vie, c'est ça ?

— Je ne sais pas. Les chasseurs sont partis, mais nous n'avons pas pu confirmer qu'il était avec eux. Et même si c'était le cas...

Il ne termina pas sa réflexion, car elle avait compris. Si les ennemis savaient où elle vivait, pourrait-elle vraiment être en sécurité un jour ?

Il s'attendait à ce qu'elle refuse de partir avec lui et avait préparé quelques arguments.

Mais à sa grande surprise, au lieu de tout ça, elle lui demanda :

— Où allons-nous ?

Ce fut Mamma qui lui répondit :

— On rentre à la maison.

Boris les conduisit jusqu'en ville en 4x4 équipé de chaînes et de plusieurs bidons d'essence accrochés au toit. Ils réussirent à monter dans l'avion, le tout sans encombre – si l'on ignorait le visage pâle de Rilee et le fait que celle-ci ait pleuré en serrant les gens dans ses bras pour leur dire au revoir.

Dans l'avion, elle s'assit entre lui et sa mère. Ils lui tinrent tous les deux la main durant le décollage. Puis, sa mère l'occupa avec le tricot, le claquement des aiguilles était un son apaisant qui l'endormit. Il avait besoin de se reposer avant la prochaine étape de leur voyage.

La voiture les attendait dans le parking, comme prévu, les clés bien cachées dans l'une des roues.

Rilee le regarda ajuster le siège conducteur et les rétroviseurs avant de lui demander :

— Mais à qui est cette voiture ?

— Ce n'est pas la mienne.

Voyant qu'elle ouvrait la bouche, surprise, il ajouta :

— Un ami me la prête pour qu'on passe inaperçus. Nous allons faire un long trajet, alors attachez vos ceintures.

Il traversa trois états, s'arrêtant bien trop de fois pour que sa mère puisse étirer ses jambes, mais aussi pour que Rilee puisse prendre l'air. Elle ne dit pas grand-chose. Elle n'en eut pas besoin. Il pouvait percevoir la nervosité en elle. Cela la tuait. Si seulement il avait fait un meilleur travail ce jour-là. Si seulement il avait su qu'il y avait en réalité un quatrième agresseur. Cela lui faisait mal de savoir qu'il l'avait déçue.

Comment pouvait-il réparer ça ? Il espérait que la ramener à la maison aiderait. Elle paraissait clairement intriguée.

— Vous vivez en banlieue ? remarqua-t-elle en regardant les maisons toutes construites dans les années soixante-dix durant le boom immobilier qui avait éclaté quand l'industrie manufacturière avait propulsé la classe moyenne.

— C'est un super quartier.

— Oui, je n'en doute pas.

Elle zyeuta la maison en briques à deux niveaux avec son toit de bardeaux noirs et sa baie vitrée, un sourire aux lèvres. Son regard se posa sur le garage indépendant, installé par le père de Mateo avec un loft au-dessus – pour lui laisser un peu d'espace en tant qu'homme, comme il disait.

Mamma expliqua alors :

— C'est là que Mateo dort. Toi tu seras dans la maison avec moi.

Et aucun argument de sa part ne la ferait changer d'avis, parce que ce n'était pas correct, vous voyez.

Il essaya de lui siffler :

— Rilee est ma compagne.

— Pas de marque. Pas de bague. Pas possible, répondit sèchement sa mamma.

Une bague, ça, il pouvait en acheter une. Mais la marque... Rilee serait-elle d'accord ? Certes, les derniers jours avaient été incroyables. Elle l'avait accueilli dans son lit avec hâte. Souriait quand elle le voyait. Le battait aux cartes et n'avait pas peur de se réjouir de sa victoire. Cependant, quand elle pensait que personne ne la voyait, son visage se pinçait, elle prenait un air inquiet. Elle mordillait sa lèvre, mais le pire, c'était les cauchemars qu'elle faisait chaque nuit. À chaque fois, elle se réveillait en sanglotant et il la réconfortait, car, malgré l'interdiction de sa mère, il passait quand même chaque nuit à ses côtés, fuyant avant que le jour ne se lève. Mais sa mère n'était pas dupe.

Il avait installé des caméras de sécurité sur les fenêtres et les portes. Il passait la plupart du temps à l'intérieur avec Rilee et sa mère, travaillant sur son ordinateur sur la table de la salle à manger. Quand il craignait que les appels qu'il recevait risquent d'inquiéter Rilee, il les prenait dehors.

Cependant, même s'il l'avait accueillie dans sa maison d'enfance, qu'elle s'épanouissait sous les yeux de sa mère, en sécurité sous son regard attentif, il savait qu'elle avait peur.

Ce qui l'avait peut-être conduit à être surprotecteur. C'est sa mère qui finit par lui demander de la laisser tranquille quand Rilee se plaignit de ne même plus pouvoir aller aux toilettes sans qu'il soit en train de la surveiller. Elle ne comprenait pas qu'il soit pris de panique dès qu'elle n'était plus dans son champ de vision.

Mais Mamma si.

— La chose la plus effrayante dans la vie, c'est de ne pas toujours être aux côtés de la personne que l'on aime.

— Et comment je fais pour ne plus ressentir tout ça ? demanda-t-il. Après ce qui lui est arrivé, je ne veux plus jamais qu'elle souffre.

— Tu ne peux pas le garantir, même si tu es avec elle, à chaque seconde de chaque jour. En revanche, ce que moi je peux te garantir, c'est que si tu ne lui laisses pas assez d'espace, elle finira par te tuer.

— Mais tu me vengeras, n'est-ce pas ?
— Peut-être. Ça dépend.
— Sérieusement ?

— Eh bien, ce serait justifié. Tu es sacrément agaçant comme boulet.

Ce qui conduisit à une série de chamailleries à laquelle Rilee se joignit et qui découla sur un dîner où ils mangèrent des gnocchis faits maison, une sauce Alfredo fraîchement préparée et des légumes sautés au beurre et à l'ail.

Ils jouissaient d'un bonheur fragile qui pouvait facilement être brisé. Il fallait qu'il fasse quelque chose. Qu'il répare tout ça, mais il ne savait pas comment.

Puis, il reçut un appel.

— On pense qu'on a trouvé la cible.

SEIZE

La porte de sa cabane s'ouvrit et il y eut ces yeux, les mêmes qui l'avaient narguée pendant des années. Le masque ne faisait rien pour le dissimuler.

Cette fois-ci, elle ne se figea pas, mais plongea vers son arme qui était appuyée à côté de la porte. Avant qu'elle ne puisse enrouler ses doigts autour, un coup violent la fit trébucher. Soudain, la cabane avait disparu et elle était à nouveau dans le sous-sol, cette pièce avec deux portes en métal massif, toutes deux verrouillées lorsqu'elle était à l'intérieur.

Une galerie, trop haute pour qu'elle puisse sauter, faisait le tour de la pièce, la rambarde était faite de verre, assez haute elle aussi pour qu'aucun spectateur ne puisse tomber.

Aucune échappatoire.

Elle se déplaçait à quatre pattes, faisant les cent pas sur le sol en béton avec l'odeur du sang qui ne partait pas, même après avoir été lavé. Le tuyau au centre était aussi efficace que nécessaire. En général, avec la violence, cela pouvait mal tourner.

Aujourd'hui, son adversaire n'était pas un animal, ou un métamorphe comme elle. C'était lui, vêtu de cuir noir et de bottes dont l'embout était en acier. Il tenait ce fouet avec les filets en argent, clinquants et douloureux. Pire encore, dans son autre main, il tenait un aiguillon à bétail. S'il était utilisé plusieurs fois, la victime finissait par se pisser dessus.

Non. Pas encore. Elle grogna et continua de tourner en rond.

— Allons, allons, Rilee Jolie, dit-il, utilisant encore ce surnom stupide. C'est comme ça que tu dis bonjour à ton maître ? continua-t-il d'une voix nasillarde.

Elle siffla dans sa direction.

— On peut faire ça de la manière la plus simple ou la plus difficile, lâcha-t-il en faisant claquer son fouet. Laquelle choisiras-tu ? Tu préfères montrer à la foule à quel point tu es spéciale ou à quel point tu es forte ?

La réponse ne changeait jamais, quelle que soit la douleur. Elle chargea.

Zzz. Un éclair de pure douleur la traversa. Elle se cambra et cria puis...

Se réveilla en sursaut. Rilee se mit à haleter, la panique la faisant se débattre contre ces bras qui la tenaient. Il fallut qu'il insiste :

— Bella, réveille-toi ! C'est moi. Tu es en sécurité, avant qu'elle ne puisse se calmer suffisamment pour contrôler son souffle.

La proximité de Mateo la réconforta et pendant un

instant, elle s'appuya contre lui. Combien de fois allait-elle le réveiller, terrifiée et aigrie avant qu'il n'en ait assez.

Cela lui parut habituel de marmonner :

— Je suis désolée.

— Je t'interdis de t'excuser, grogna-t-il. C'est de ma faute. Je n'aurais jamais dû te laisser ce jour-là. J'aurais dû...

Aurait pu. Aurait dû. La culpabilité qu'ils enduraient tous les deux aurait pu la faire rire si tout cela n'avait pas été si triste.

Elle était là, avec un type qui était peut-être arrogant, mais qui la submergeait de gentillesse. Il était choquant de réaliser, même avec sa peur ravivée, qu'elle ne pourrait jamais être plus heureuse. Et ce n'était pas seulement grâce à Mateo.

Elle s'était inquiétée de vivre avec la Mamma et était convaincue qu'au bout d'un moment, la gentille dame qui ne l'avait pas prise sous son aile, mais sous sa patte de tigre, finirait par se transformer en harpie qui lui montrerait vraiment ce qu'elle pensait de Rilee.

Sauf que Mamma devint encore plus gentille. Elle prit soin de Rilee d'une façon qu'elle n'aurait jamais imaginée et qu'elle n'avait vue que dans les films, comme le ferait une vraie mère.

Mais pouvait-elle vraiment se détendre et l'apprécier ? Pas complètement. Elle n'avait jamais été aussi anxieuse. Elle s'attendait au retour de bâton. Et celui-ci risquait de lui tomber pile sur la tête.

La vie ne pouvait pas être aussi belle. Aussi joyeuse. Ça ne durerait pas.

Et la fin de ce rêve se produisit au petit-déjeuner.

Mateo reçut un message et son visage passa par plusieurs expressions, mais ce fut son regard rapide qui la fit s'exclamer :

— Qu'est-ce qu'il s'est passé ?

— Rien.

Elle lui jeta un regard noir.

— C'est ça ta réponse ? Tu agis comme si je n'étais pas capable de faire face aux problèmes d'adulte.

Une petite tape derrière l'oreille lui fit basculer la tête en avant alors que Mamma soufflait :

— Je ne t'ai pas élevé correctement pour que tu sois un porc sexiste.

— Je n'agis pas comme un con. C'est juste que les nouvelles ne sont pas très importantes.

Rilee leva un sourcil.

— Alors pourquoi tu ne me les dis pas ?

— Ils ont peut-être une piste pour le gars que tu connais sous le nom de Shayne.

Elle sentit qu'elle devenait toute pâle.

Il soupira.

— Et voilà pourquoi je n'avais pas envie de te le dire.

— Ce type c'est mon problème, pas le tien.

— Oh si, c'est bien mon problème, grogna-t-il. Et si je pouvais partir, je lui montrerais ce que je pense des gars qui battent les filles.

Elle plissa les yeux.

— Pourquoi est-ce que tu ne peux pas partir ? Et fais très attention à ce que tu dis.

— Je ne vais pas faire comme si je n'étais pas inquiet pour toi. Je t'ai déjà abandonnée une fois et on t'a attaquée. Je ne te laisserai pas être à nouveau vulnérable.

— Au lieu de ça, tu préfères laisser ce cinglé errer. Super plan, répondit-elle d'un air sarcastique.

— Qu'est-ce que tu veux je fasse ?! explosa-t-il.

— Je veux que tu fasses ton travail. Je croyais que tu étais une sorte d'homme de main du Conseil, déclara Rilee.

— Oui, mais...

— Il n'y a pas de « mais ». Ton travail, c'est de protéger ton espèce et nous savons tous les deux que tant que Shayne est en vie, il représente un danger.

— Je suis d'accord, mais tu ne peux pas non plus t'attendre à ce que je te laisse comme ça.

— Si tu as une piste sur Shayne, alors ça veut dire qu'il n'est pas ici. N'est-ce pas ? demanda Rilee.

— Le gars qu'ils surveillent est à New York, mais...

— Mais quoi ?

— Et si ce n'est pas lui ?

— Facile à savoir. Montre-moi une photo.

Comme il ne répondait pas, elle soupira.

— Tu n'as même pas de photo ?

— Aucune des images du fichier n'est bonne.

— Et son permis de conduire ? demanda sa mère.

— Il n'y a pas de photo, car il a obtenu celui-ci dans un état qui autorise les gens à ne pas vouloir mettre de photo en raison de leurs croyances religieuses. Ça n'aide pas qu'il soit le fils d'un VIP et qu'il ait été mis à l'abri des médias.

— Assez riche et apparemment puissant pour être probablement intouchable, murmura-t-elle. Ce qui veut dire qu'il ne s'en ira jamais.

Mateo se leva de son siège pour se mettre à genoux devant elle.

— Ne dis pas ça. Je ne le laisserai pas te faire de mal.

— Tu ne peux pas promettre ça.

Personne ne le pouvait.

— Il faut que tu te mettes en planque pour le surveiller, déclara sa mère.

— Ne commence pas, Mamma. On se moque encore de moi quand tu n'arrêtais pas de m'appeler pour savoir si j'avais besoin de café et de beignets, dit-il en jetant un regard noir à sa mère qui continuait de tricoter sans perdre une miette de la conversation.

— Excuse-moi de m'assurer que tu n'as pas faim, s'indigna sa mère.

— Les planques doivent rester discrètes sans toi qui arrives avec tes bigoudis, un sac en papier kraft et un thermos.

Même si tout cela était très mignon, cela n'atténua pas l'anxiété de Rilee. Celle-ci arriva par vague, la laissant tremblante et mal à l'aise.

— J'ai besoin de...

Elle se leva et s'éloigna de lui pour se diriger vers la porte, pour finalement réaliser qu'elle ne savait pas où aller.

Avant qu'elle ne puisse l'ouvrir, il se mit en travers de son chemin.

— Tu ne partiras pas.

— Si je reste ici je vous mets en danger.

Il ricana.

— Ne joue pas à la martyre avec moi, bella. Tu es bien plus en sécurité ici que dehors.

— Je sais. Mais j'ai peur.

Ses épaules s'affaissèrent face à cet aveu qu'elle haïssait.

Il releva son menton du bout du doigt. Son regard grave rencontra le sien.

— Je vais m'occuper de tout ça, bella. Maintenant. Aujourd'hui.

— Je croyais que tu ne pouvais pas partir.

— Je ne veux pas que tu vives dans la peur. Je ne peux pas.

Il l'embrassa et leur baiser s'éternisa, jusqu'à ce que Mamma crie depuis la cuisine :

— Je t'ai préparé ton déjeuner pour le voyage.

Rilee s'assit silencieusement sur le lit alors qu'il remplissait un sac. Elle accueillit leur accouplement rapide où les vêtements furent juste jetés sur le côté et rapidement remis avant qu'une certaine personne ne les surprenne. Elle retint ses larmes alors qu'il lui donnait un long baiser d'adieu.

Ça allait bien se passer. C'était le genre de chose qu'il faisait tout le temps. Mais elle se pencha quand même vers Mamma pour que celle-ci l'étreigne et se consola en l'écoutant lui murmurer :

— Mon garçon va arranger tout ça. Tu verras. Allez, viens, on va faire des fettucine pour le dîner.

Mateo garda contact avec elle et l'appela ce soir-là quand il atterrit. Le lendemain, il lui envoya immédiatement un texto. Puis l'appela à nouveau. Il l'appela pour la troisième fois dans le milieu de l'après-midi et elle leva les yeux au ciel en répondant :

— Encore toi ?

— Salut, *bella*. Je te manque ?

Plus que ce qu'il pouvait imaginer.

— Pas vraiment. Ta mère m'a fait une sorte de soupe à la tomate pour midi qui était à mourir.

— Si tu essaies de me rendre jaloux, ça fonctionne, grogna-t-il.

Elle rigola à nouveau.

— Bon, peut-être que tu me manques un peu.

— Moi tu me manques énormément, avoua-t-il. Mais ce n'est pas pour ça que je t'appelle. J'ai enfin une photo.

Elle n'eut pas besoin de demander de qui il s'agissait.

— Tu peux me l'envoyer par texto ? demanda-t-elle d'une voix rauque.

Dès qu'elle la vit, elle sentit ses genoux s'affaisser et elle dut s'appuyer contre le mur.

— Bella ? demanda-t-il d'un ton urgent.

Elle dut prendre deux longues inspirations avant de pouvoir répondre :

— Oui, je suis là. C'est lui.

Il ne lui demanda pas si elle était sûre.

— Je vais m'en occuper, *bella*. Crois-moi.

Et elle le fit. Mais cela n'atténua pas sa peur. Les cauchemars furent particulièrement violents cette nuit.

C'est pourquoi le lendemain matin elle fut plus grincheuse que d'habitude, surtout que Mateo ne l'avait pas appelée. Il lui manquait et aurait vraiment aimé ne pas l'avoir forcé à partir. Elle aurait bien aimé qu'il la serre dans ses bras.

Quand elle l'appelait, elle tombait directement sur sa messagerie. Avait-il éteint son téléphone ? Est-ce qu'il allait bien ? Mamma ne semblait pas très inquiète, ce qui était la seule raison pour laquelle Rilee ne paniquait pas.

La sonnette retentit et Mamma cria :

— Je suis en train de surveiller la soupe ! Tu peux aller ouvrir ?

Vu l'histoire d'amour que madame Ricci entretenait avec le shopping en ligne, les livraisons avaient tendance à avoir lieu quotidiennement, parfois même plus d'une fois par jour. Mais Rilee fit quand même preuve de prudence avant d'ouvrir et jeta un coup d'œil dehors. Un camion de livraison était garé au bout de l'allée et un type en pantalon et chemise de couleur brune se tenait sur les marches, tenant un paquet. Elle ouvrit la porte et le livreur se tourna vers elle, les lèvres retroussées, des yeux bleus perçants, dansant pratiquement de joie.

— Tiens, tiens, ne serait-ce pas mon lynx disparu ?

Étant donné qu'une partie d'elle avait attendu que cela se produise, elle réagit rapidement, la porte s'ouvrit à peine avant qu'elle ne la ferme en claquant et hurle :

— Danger ! Appelez Mateo !

Pour une fois, madame Ricci ne posa pas de question, ce qui était étrange. Rilee pivota pour jeter un coup d'œil dans le couloir, incapable de voir au-delà du mur dans la cuisine.

Dans son dos, Shayne n'était pas content qu'elle lui ait fermé la porte au nez.

— Tu ne peux pas t'échapper, Rilee. Tu m'appartiens. Je t'ai achetée.

Achetée à une mère qui était plus intéressée par sa prochaine dose. La première fois, en vendant son secret, ce qui avait conduit Shayne à la séduire. Puis, elle l'avait trahie une seconde fois, révélant sa localisation, ce qui avait conduit à sa capture.

— Va au diable.

— Ouvre cette putain de porte ! hurla-t-il en cognant dessus.

Elle se replia, elle aurait aimé avoir son fusil. Ce dernier aurait pu tirer à travers la porte. Shayne ne serait pas aussi agaçant avec une balle dans la poitrine.

Elle ne se retourna pas avant d'avoir atteint le milieu du couloir, puis elle marcha d'un pas rapide et silencieux vers la cuisine. C'était étrange que Mamma ne dise pas un seul mot. Cette femme parlait constamment, même si elle n'attendait pas de réponse. Elle bavardait en cuisinant. En tricotant. En faisant le ménage. Le seul moment où elle restait silencieuse, c'était quand elle regardait The Witcher[1]. Apparemment, Geralt était son type d'homme, ce qui avait fait gémir Mateo qui avait pleurniché ensuite qu'elle était sa mère et qu'il ne voulait pas le savoir. Rilee l'avait ensuite taquiné en ajoutant que Mamma était dans la fleur de l'âge. Il avait pâli et était parti faire quelque chose de viril, la laissant glousser avec madame Ricci.

Tout allait probablement bien pour Mamma. C'était obligé.

Sauf que ce n'était pas le cas.

Rilee entra dans la cuisine et vit Mamma étendue sur le sol.

— Non, souffla-t-elle, prête à se jeter à ses côtés, mais un très léger mouvement l'avertit.

Elle se baissa et la fléchette tranquillisante, la rata de peu. Une drôle de femme avec des cheveux foncés relevés en une queue de cheval sévère se tenait là et visa à nouveau, forçant Rilee à se réfugier derrière l'îlot central, avec madame Ricci toujours dans son champ de vision.

Ses yeux étaient fermés, son visage était relâché, mais Rilee voyait sa poitrine se soulever, donc elle était toujours en vie. Mais cela n'aidait pas beaucoup. La chose qu'elle craignait le plus s'était produite.

Elle avait fait du mal à ceux qui essayaient de prendre soin d'elle.

Elle fit le tour de l'îlot à quatre pattes, pendant que la femme prenait des mesures, essayant de viser proprement. Rilee n'avait même pas remarqué que les coups contre la porte avaient cessé jusqu'à ce que Shayne entre dans la cuisine et qu'elle se retrouve soudain coincée entre des fléchettes tranquillisantes et un sadique.

Un sourire triomphant étira les lèvres de Shayne.

— Ça fait plaisir de te revoir. En chair et en os. Et si on te gardait comme ça pendant un moment ?

La peur glaciale qui coulait dans ses veines la fit haleter. Elle savait très bien ce qu'il voulait dire. Pourquoi il la voulait sous cette forme.

— Je préfèrerais mourir, rétorqua-t-elle, se levant et attrapant un couteau.

— Ne sois pas si dramatique. Comporte-toi bien et peut-être que je te laisserai même tenir les créatures dans tes bras quand elles seront nées.

Il fit un pas en avant.

— Je ne retournerai plus jamais dans la cage.

Elle pivota et lança le couteau, touchant la femme au bras. Celle-ci laissa tomber le pistolet. Avant que Rilee ne puisse se retourner, Shayne était déjà sur elle, attrapant ses cheveux dans son poing, alors qu'il la tasait de son autre main.

Ses genoux devinrent du caoutchouc et ses dents claquèrent alors que l'électricité la traversait. À côté, la douleur dans son cuir chevelu alors qu'il la soulevait hors du sol en lui tirant les cheveux était à peine perceptible.

Elle resta molle sous son emprise, les yeux baissés, faisant semblant d'être soumise. Quand il essaya de la tirer en position verticale, elle lui donna un coup, le frappant au niveau des couilles.

Il hurla et la lâcha. Elle heurta le sol violemment sur les genoux et se releva immédiatement saisissant un autre couteau, mais ce fut au tour de la femme de l'attaquer. Elles s'agrippèrent, la femme qui était plus large avait un avantage au niveau du poids, c'est pourquoi elles se cognèrent contre le comptoir, heurtant la vaisselle. Mais Rilee parvint à attraper un autre couteau et entailla le bras de la femme. Le sang qui s'écoulait de son assaillante rendit le sol glissant. Elles glissèrent et tombèrent. Le couteau qu'elle tenait se coinça.

Dans un corps.

Rilee repoussa la femme haletante alors qu'elle tenait le couteau enfoncé dans son ventre.

— Je me demande vraiment si tu en vaux la peine, déclara Shayne.

Rilee se retourna pour voir l'arme pointée sur sa tête.

— Elle oui, mais toi non.

Pat derrière, Mamma – l'air sinistre et vicieux – attrapa Shayne par le cou et se laissa retomber par terre. Le craquement bruyant était sans appel : personne ne se relevait jamais de ce genre de blessure.

Le corps mou de Shayne ne bougeait plus. Il était mort.

Rilee éclata en sanglots.

Des bras réconfortants la serrèrent.

— Allez, allez, *piccina*, tout va bien. Mamma s'est occupé du méchant monsieur. Fini les cauchemars.

— Vous auriez pu mourir, sanglota-t-elle.

— Allons. On savait bien qu'ils étaient plus intéressés par un kidnapping que par un meurtre.

Elle digéra soudain ce qu'elle venait de dire et se libéra de son étreinte.

— Attendez une minute. Comment ça « on » ? Vous vous attendiez à ce que tout cela se produise ? demanda-t-elle, bouche bée devant Mamma.

— C'est pour cela qu'on a fait partir Mateo, dit madame Ricci d'un air très sérieux en lui caressant les cheveux. Nous savions que ce mécréant ne viendrait pas s'en prendre à toi tant que Mateo était dans les parages. Mon garçon est peut-être un gentil boulet parfois, mais il est aussi dangereux.

— Mais pas assez dangereux pour te dissuader de mettre en place ce plan complètement cinglé ! beugla soudain Mateo.

---

1. Série télévisée

DIX-SEPT

Le sourire qui illuminait le visage de Rilee quand elle se retourna pour lui faire face le frappa de plein fouet.

Quand il avait réalisé que l'homme qu'il surveillait avait glissé à travers leur filet, il avait paniqué. Et cela n'avait pas aidé qu'il ne puisse pas appeler et prévenir Rilee, alors à la place, il avait appelé sa mère. Elle était restée bien trop calme et posée.

Et elle lui avait surtout menti.

Mais il la confronterait à ce sujet dans un moment. Rilee cria son nom :

— Mateo !

Avant de se jeter dans ses bras.

Il la souleva du sol et la serra si fort qu'il dut se retenir pour ne pas lui briser quelques cotes. Il enfouit son visage dans ses cheveux. Il la tint un moment, jusqu'à ce que la colère et la tension en lui exigent une réponse. La reposant par terre, il garda son bras autour d'elle et jeta un regard noir à sa mère.

— Qu'est-ce que tu as fait, Mamma ? Est-ce que tu as

planifié que Rilee se fasse attaquer par cette ordure ? dit-il en fronçant les sourcils vers le corps étendu au sol.

Au moins, sa mère avait tué ce connard proprement. Pas de sang, contrairement à l'autre corps qui refroidissait. Il allait falloir bien frotter pour effacer tout ça.

— Il n'y a pas que moi qui ai organisé tout ça. Terrence était également impliqué.

Son patron ? Il se mit à trembler de colère.

— Il a fait exprès de me faire quitter la ville ?

— Parce qu'il savait que tu n'accepterais jamais d'utiliser Rilee comme appât.

— Sans blague putain ! Je n'aurais jamais mis Rilee en danger, dit-il en passant ses doigts dans ses cheveux. Ce que je ne comprends pas, c'est comment ils ont fait pour ne pas se faire prendre par les gardes de Terrence. Il était censé y en avoir deux en rotation qui surveillaient la maison en permanence.

— Et ils surveillent toujours. Comment crois-tu que j'ai été avertie qu'un camion de livraison était déjà passé trois fois depuis hier ? Les mêmes plaques d'immatriculation. Et il ne s'est jamais arrêté pour livrer quoi que ce soit.

— Et tu ne m'as pas appelé ? dit-il avec un grondement sourd.

Rilee posa la main sur lui, essayant de calmer la bête, mais à peine.

— Je ne voulais pas que tu t'inquiètes pour rien, dit sa mère en relevant le menton.

— Tu appelles ça « rien » ? dit-il en pointant les corps du doigt.

Rilee se dégagea de son étreinte pour se confronter à lui, s'interposant entre lui et sa mère.

— Ta mère m'a sauvé la vie.

— Elle t'a mise en danger, dit-il en bouillonnant de rage.

— Seulement pour l'aider, dit Mamma. Quand j'ai découvert que la cible avait échappé à la surveillance, j'ai eu le pressentiment qu'il allait venir ici.

— Comment l'as-tu su ? C'est une information confidentielle.

Mamma joignit ses mains.

— Je sais. Qui a dit à tout le monde de garder un œil sur ce bordel, à ton avis ?

Son expression sérieuse le fit soudain tressaillir.

— *Toi* ! Tu travailles pour le Conseil ? dit-il en couinant légèrement. Comment ai-je pu ne pas être au courant ?

— Parce que je suis trop forte, répondit Mamma avec suffisance. Je n'arrive pas à croire que tu ne l'aies jamais compris.

— Tu ne peux pas être un membre du Conseil. Tu es ma Mamma. Tu cuisines. Et tu me rends fou. Tu tricotes et bricoles des trucs. Tu ne diriges pas le monde.

— Je suis multitâche.

— Mais comment ? Tu étais toujours à la maison quand j'étais enfant.

Sa mère ricana.

— Les temps ont changé, bambino. La plupart du boulot s'effectue par téléphone ou via un réseau sécurisé.

Il repensa à toutes ces fois où il était entré dans la cuisine pour la voir le nez collé à l'ordinateur, des ingrédients de cuisine étalés tout autour d'elle. Une mascarade...

— Tout ce temps...

Il secoua la tête.

— Tu ne l'as jamais vu, car tu n'as jamais voulu le voir. T'es-tu jamais demandé pourquoi j'ai tant insisté pour que tu apprennes à te battre ?

— J'imagine que c'était parce que toi tu ne savais pas le faire.

Elle ne l'avait emmené que quelques fois au champ de tir où son inaptitude s'était révélée embarrassante pour un garçon compétiteur.

— J'ai fait exprès d'échouer parce que je ne voulais pas que tu saches.

— Pourquoi ?

— Les femmes aiment bien les secrets, dit Mamma en haussant les épaules. Comme tu ignorais tout ça, je me suis dit que Shayne ne le saurait pas non plus. Il nous a crues sans défense, expliqua-t-elle en jetant un regard vers le mort.

— Mais comment avez-vous fait pour ne pas ressentir les effets du sédatif ? demanda Rilee.

— Facile. Je portais une veste sous mes pulls, dit Mamma en tapotant son ventre.

— Tu protégeais ta poitrine et rien d'autre, remarqua Mateo.

Sa mère ricana.

— Même s'ils m'avaient touchée au bras ou à la jambe, ce n'est pas un petit tranquillisant qui aurait pu me neutraliser. Ce qui était prévu depuis le début, c'était de faire croire que celui-ci faisait effet pour que les assaillants aient faussement l'impression d'être en sécurité. Quand le moment est venu, j'ai agi.

— Pourquoi avez-vous attendu si longtemps ? demanda Rilee.

— Il fallait que tu aies l'opportunité de te défendre. De voir que ton ennemi était neutralisé. Maintenant que la menace est éradiquée et que tu as eu un rôle à jouer là-dedans, peut-être que tu arrêteras de faire des cauchemars.

— La mettre en danger n'était pas la solution, s'énerva-t-il.

Mamma ricana.

— Elle n'a jamais été en danger. Le mécréant ne voulait pas la tuer.

— Mais juste la mettre dans une cage pour la torturer un peu plus, cracha-t-il, pour ensuite s'excuser auprès de Rilee. Désolé, bella. Je ne veux pas être cru.

— C'est pas grave. Je vais bien. Tout s'est arrangé, dit-elle, essayant de l'apaiser, mais il était toujours en colère.

— Tu es allée trop loin, Mamma. Tu n'avais pas le droit.

— J'ai le droit de protéger ma fille, rétorqua Mamma en levant le menton d'un air têtu.

— Quelle fille ? demanda bêtement Rilee. Je croyais que Mateo était fils unique.

— Toi, évidemment ! s'exclama Mamma.

— Pff, c'est qui le boulet maintenant, murmura-t-il.

Rilee cligna des yeux.

— Vous me considérez comme votre fille ? Mais vous me connaissez à peine.

— Comme si c'était important.

En voyant l'expression sur son visage, Mamma la prit dans ses bras.

— À sa naissance, je ne savais pas que Mateo deviendrait un garçon parfaitement angélique et pourtant, je l'aimais quand même. Tu as déjà un avantage sur lui parce que toi tu ne fais plus sur le pot. Et puis, j'ai toujours eu envie d'avoir une fille.

— Et vous me voulez moi ?

Elle paraissait tellement surprise.

— Oui, toi. Je pense que tu seras une fille formidable. Bien qu'un peu mince. Il faut qu'on te nourrisse plus.

— Je mange déjà trois repas et deux snacks par jour, murmura Rilee avec un petit sourire.

— Maintenant que ce calvaire est terminé, je pense que nous devrions nous mettre aux fourneaux.

— Et par « on », elle veut dire elle-même, souligna Mateo.

Sa mère ne parut pas le moins du monde, contrariée.

— Tu aimes la tarte ? Je n'en ai toujours pas fait depuis que tu es arrivée. Dis-moi quelle est ta tarte préférée.

Rilee haussa les épaules.

— Je ne crois pas en avoir une. Je n'ai pas mangé beaucoup de tartes étant petite. À part quelques-unes, achetées en magasin.

Sa mère se tordit les lèvres, horrifiée.

— Non. Oh, non. Il faut que nous réparions cela. Tout de suite.

Mamma se dirigea vers le garde-manger.

— Membre du Conseil, mon cul ouais, grogna-t-il.

Allô, tu as oublié qu'il y avait des cadavres dans la cuisine ou quoi ?

Sa mère les regarda.

— Heureusement qu'il y a de la place dans le congélateur. Va chercher le hachoir à viande dans le sous-sol.

Alors qu'ils s'offusquaient tous les deux :

— Mamma !

Elle dévoila un sourire carnassier.

— Je plaisante. J'ai déjà contacté une équipe de nettoyage.

L'équipe était constituée de deux personnes et de Terrence, qui se fit sermonner par Mateo.

— Je n'arrive pas à croire que tu aies vraiment accepté d'utiliser Rilee comme appât.

— Tu es seulement énervé parce tu as enfin trouvé ce qui manquait à ta vie. Jamais lynx sans l'autre, hein ?

Pas besoin de demander à Terrence comment il savait. C'était évident pour lui et apparemment pour tout le monde aussi.

Comme il l'avait affirmé il y avait bien trop longtemps, Rilee était son âme sœur. Et il était grand temps qu'il fasse quelque chose à ce propos.

— Ouais. C'est la bonne.

Mais il allait clairement frapper son boss au visage si ce dernier se mettait à jubiler.

Les corps furent enlevés et toute trace fut effacée. Mamma les vira de la cuisine pour préparer un festin pendant qu'il blottissait Rilee sur ses genoux, faisant la sieste alors qu'elle lisait un livre. L'une des choses les plus agréables et relaxantes qu'il ait jamais faites.

Au dîner, ils mangèrent un délicieux poulet au

paprika avec du pain à tremper dans la sauce. Le dessert était composé de quatre tartes, celles que Rilee aimerait probablement le plus d'après Mamma.

Quand Rilee déclara que sa préférée était celle aux cerises, il sut que c'était le moment. Il glissa de sa chaise et se mit à genoux devant elle. Il sortit la bague de sa poche – que lui avait donné Mamma le lendemain de leur retour de Kodiak Point. La bague que le père de Mateo lui avait donnée.

— Juste au cas où, avait-elle dit avec un sourire.

Comme s'il y avait un doute.

Il tint la bague devant lui et celle-ci attira le regard de Rilee.

— Bella, nous ne nous sommes rencontrés que récemment, mais je savais déjà et j'en suis désormais sûr, que tu es la bonne. Je t'aime. Acceptes-tu d'être ma femme ? Ma compagne ? Ma partenaire pour la vie ?

Sa mère sanglota.

Rilee se jeta sur lui, les yeux inondés de larmes.

Oh merde. Elle allait dire non.

Il lui avait fait sa demande trop tôt.

Merde...

Elle était dans ses bras, murmurant « oui » encore et encore tout en l'embrassant. Il aima bien le moment du baiser, alors évidemment, sa mère les interrompit et insista pour qu'ils boivent du champagne.

Bizarrement, celui-ci était déjà au frais dans un bac à glaçons.

Et puis, avec Rilee qui avait la bague au doigt, ils allèrent se coucher ensemble, se tenant la main et prenant les escaliers, montant les marches deux par deux jusqu'à son loft au-dessus du garage.

Dès l'instant où la porte se referma, elle fut dans ses bras. L'embrassant. Le touchant. Et il lui rendait ses caresses.

Ils firent l'amour rapidement la première fois, des coups de reins intenses et puissants qui la firent enfoncer ses ongles dans son dos, hurlant qu'elle en voulait encore.

Puis plus doucement, plus tendrement. Ensuite, il serra son corps humide contre lui et remercia la déesse de la lune de l'avoir protégée durant tout ce calvaire.

Pour la première fois depuis qu'ils avaient couché ensemble, elle ne fit aucun cauchemar et elle se réveilla le lendemain matin avec un sourire.

Mais il ne put pas beaucoup en profiter, car Mamma n'avait vraiment aucune limite !

ÉPILOGUE

Le fait qu'ils aient passé la nuit dans le loft n'empêcha pas Mamma de débarquer. Le lendemain matin, ils furent réveillés par l'odeur du café et des pâtisseries. Rilee se mit à saliver en se relevant, heureusement, elle portait la chemise de Mateo.

En revanche, lui ne portait rien sous les draps et prit un air renfrogné.

— Mamma, on peut avoir un peu d'intimité, s'il te plaît ?

— Pff. Comme si je n'avais pas déjà tout vu. Qui lavait ce popotin quand tu étais petit à ton avis ?

— Mamma, grogna-t-il.

Rilee gloussa et continua de rire ce jour-là, et le suivant...

Ils se marièrent devant Reid et tout le gang de Kodiak Point et ils passèrent ensuite leur lune de miel sur un bateau de croisière en Norvège. Une fois leur voyage terminé, ils décidèrent de vivre avec Mamma – qui faillit fondre en larmes la seule fois où la langue de Rilee fourcha et qu'elle l'appela madame Ricci. Elle dut écouter les lamentations de Mamma qui lui expliqua à quel point elle était blessée, car, Rilee ne savait-elle donc pas qu'elle l'aimait énormément ?

Si, elle savait. C'était étouffant. Et incroyable.

Cette femme, qui avait tenu sa parole en disant qu'elle traiterait Rilee comme sa propre fille, avait fait élaborer des plans afin de transformer la chambre principale de la maison en quelque chose de moderne avec une salle de bains annexe qui comprenait une baignoire. Rilee avait hâte de s'immerger dedans.

Mamma prendrait alors le loft, mais la cuisine dans la maison resterait son domaine. Rilee était plus qu'heureuse d'être celle qui avait le droit de s'asseoir et de lécher la cuillère en la suppliant de pouvoir goûter.

— Qu'est-ce que c'est ? demanda Mateo en pointant du doigt une porte dérobée sur les plans qui menait à une autre pièce située à côté de la chambre.

— Ta mère l'a fait installer pour faciliter l'accès à la nurserie, dit Rilee, enroulant son bras autour de lui et regardant les plans disposés sur la table, par-dessus son épaule.

— Elle n'est pas très subtile, remarqua-t-il presque d'un air piteux.

— Non, mais elle est plutôt géniale et c'est bon de savoir que, contrairement à ce que j'ai connu petite, nos enfants n'auront pas de difficultés dans la vie, parce qu'ils auront une grand-mère incroyable.

— Tu dis ça maintenant, mais tu verras quand tu seras enceinte, déclara-t-il. Elle va te rendre folle.

— Tu crois qu'elle sera trop protectrice, se moqua-t-elle.

— Elle fera livrer des rouleaux entiers de papier bulle avant même que tu aies fini d'annoncer la nouvelle.

— Et toi, tu réagiras comment ? Tu seras monsieur Calme, Cool et Posé ?

— Totalement, se vanta-t-il.

— Contente de l'apprendre, car j'ai parié avec ta mère que tu ne flipperas pas quand tu apprendras que nous attendons des jumeaux.

Poum.

Il heurta le sol et elle soupira, surtout quand Mamma surgit de nulle part en tendant la main vers elle.

— Je t'avais bien dit que ce boulet n'allait pas savoir gérer. Allez, paye.

— Très bien. Tu as gagné. On pourra aller faire nos ongles cette après-midi.

Quelque chose qu'elle avait refusé de faire, qualifiant cela de trop féminin.

Mamma rayonna comme si elle venait de gagner un prix.

Rilee ne comptait pas lui faire savoir qu'elle avait fait exprès de perdre ce pari.

Elle savait que la réaction de Mateo serait exagérée. Il fit sécuriser la maison avant même que son premier trimestre ne soit terminé. Sa mamma fut même la voix de la raison quand il en fit un peu trop, la portant à chaque volée d'escaliers, même la petite marche du salon en contrebas.

Il était surprotecteur, mais aussi incroyable. Et elle

comprit enfin ce que signifiait la famille. Il n'était question que d'amour. Un amour qui durerait pour toujours.

PROCHAIN LIVRE : « *IRON EAGLE* », À PARAÎTRE BIENTÔT EN FRANÇAIS.

DÉCOUVREZ Le Clan Du Lion, avec Quand un Alpha Ronronne.

Autres livres: EveLanglais.com

www.ingramcontent.com/pod-product-compliance
Lightning Source LLC
LaVergne TN
LVHW041636060526
838200LV00040B/1598